草尖上的城市

Caojianshangdechengshi

文昊◎主编

新疆美术摄影出版社
新疆电子音像出版社

图书在版编目（CIP）数据

草尖上的城市 / 文昊主编 . – 乌鲁木齐 : 新疆美术摄影出版社 : 新疆电子音像出版社，2013.10
（亚洲中心文化丛书）
ISBN 978-7-5469-4423-4

Ⅰ . ①草… Ⅱ . ①文… Ⅲ . ①散文集 – 中国 – 当代 Ⅳ . ① I267

中国版本图书馆 CIP 数据核字 (2013) 第 244349 号

草尖上的城市

主　　编	文 昊
作　　者	中 子
责任编辑	侯淑婷
装帧设计	王 洋 党 红
出　　版	新疆美术摄影出版社
	新疆电子音像出版社
社　　址	乌鲁木齐市经济技术开发区科技园路 5 号
邮　　编	830026
发　　行	新华书店
印　　刷	三河市燕春印务有限公司
开　　本	787mm×1092mm　1/16
印　　张	9
版　　次	2013 年 10 月第 1 版
印　　次	2015 年 3 月第 1 次印刷
书　　号	ISBN 978-7-5469-4423-4
定　　价	29.80 元

目录

草尖上的城市

概　览

乌鲁木齐是一个美丽而神奇的城市，是新疆维吾尔自治区的首府。位于新疆中部，天山北坡，准噶尔盆地南缘，地处东经86°37′33″，北纬42°45′32″。东与吐鲁番市接壤，西与昌吉市相邻，南与巴音郭楞蒙古自治州为界，北与阜康市、吉木萨尔县、米泉县毗连。

乌鲁木齐总面积1.2万平方千米。其中山地6000平方千米，占50%；草原3116平方千米，占26%；林地672平方千米，占5.6%；耕地612平方千米，占5.1%；市区规划面积1600平方千米，占13.3%，已建成面积140平方千米，占1.18%。乌鲁木齐市在亚洲大陆腹地，是世界上距海洋最远的城市。亚洲大陆地理中心位于市南郊永丰乡包家槽子村。全市属于天山山脉东端余脉，是东天山峡谷丘陵地带，三面环山，地势东高西低，市区内相对平缓，在海拔920~680米之间，是最适宜人类居住的自然环境之一。市辖区东西最长处190千米，南北最宽处153千米；最高点著名的博格达雪峰海拔5445米，距市区75千米，最低点猛进水库海拔490米，距市区70千米。

远在新石器时代就有人类在乌鲁木齐生息繁衍。西汉为劫国和卑陆国的属地，东汉是车师六国的一部分，唐代和元代曾派兵保卫和移民屯垦。清康熙五十六年（1717年）清在乌鲁木齐开始驻军。清乾隆二十年（1755年）清定西将军永常率兵5000人驻扎乌鲁木齐，并设台站，次年予以屯田。清乾隆二十六年（1761年），清朝在乌鲁木齐设知县和县丞，次年设办事大臣。清廷铸颁乌鲁木齐同知、通判等地方官印信。建乌鲁木齐城署营房，钦定城名，宣仁（今乌鲁木齐市头工）、怀义（今二工）、惠徕（今六道湾）、屡丰（今七道湾）、宁边（今昌吉）、辑怀（今米泉）。清乾隆二十八年（1763年）修迪化城和巩宁城为乌鲁木齐都统衙署和屯军驻地。清乾隆三十六年（1771年），设乌鲁木齐参赞大臣。清乾隆三十八年（1773年），乌鲁木齐参赞大臣改乌鲁木齐都统，仍归伊犁将军辖制。光绪十年（1884年）清廷在新疆建置行省，定迪化（今乌鲁木齐）为省会，并设巡抚。清光绪十四年（1888年）原迪化州署改迪化县署，另建迪化府及

衙署。

民国元年（1912 年）清廷被推翻，新疆人民拥护共和，杨增新任民国新疆省长。民国十年（1921 年）三道坝设乾德县佐，隶属迪化县。民国二十三年（1934 年）设立迪化市筹备处，次年报民国政府成立迪化市政府，民国政府以人口和规模不足未批。民国二十九年（1940 年）成立市政委员会，民国三十四年（1945 年）11 月 1 日迪化市成立。

1949 年 12 月 1 日迪化市人民政府成立，下设 7 个区，54 个街公所，3 个乡。1954 年 2 月 1 日正式恢复使用乌鲁木齐市名称，迪化县改名乌鲁木齐县。1955 年撤消 7 个区，成立一、二、三区和市郊区。1957 年一区改名为天山区，二区改名为多斯鲁克区，成立头屯河区、水磨沟区，撤消市郊区。1958 年三区改名为沙依巴克区。1960 年多斯鲁克区并入天山区。1961 年成立新市区。1967 年 1 月 25 日，新疆维吾尔自治区夺权总指挥部接管乌鲁木齐市人民政府一切权力。1968 年 9 月 4 日成立乌鲁木齐市革命委员会。1969 年 12 月经国务院批准，将吐鲁番县、托克逊县归乌鲁木齐市管辖，乌鲁木齐市成立南山矿区。1975 年，吐鲁番、托克逊两县又划归吐鲁番地区管辖。1981 年 9 月 14 日撤消乌鲁木齐市革命委员会，恢复乌鲁木齐市人民政府。1988 年乌鲁木齐市设立东山区，2002 年撤消南山矿区，成立达坂城区。乌鲁木齐市现有 7 个区，1 个县，6 个农牧团场，48 个街道办事处，14 个乡，2 个镇，400 个居民委员会，290 个家属委员会，109 个村民委员会。

全市人口 175 万人，汉族 127.75 万人，占总人口 73%；少数民族人口 47.25 万人，占 27%。其中维吾尔族 21 万人，占总人口 12%；回族 16.5 万人，占总人口 9.3%；哈萨克族 5.5 万人，占总人口 3.1%；蒙古族 1 万人，占总人口 0.7%。还有柯尔克孜族、塔吉克族、锡伯族、俄罗斯族、乌孜别克族、塔塔尔族、满族、壮族、藏族、白族等。

居住在这座美丽而令人向往的城市共有 48 个民族。一个民族一朵花，每一朵花都有着不同的美丽。维吾尔族姑娘五彩缤纷的着装，哈萨克族少女婀娜多姿的梳妆，俄罗斯族女孩古朴艳丽的打扮，汉族女子典雅美丽的穿戴，……显示世界文明的衣着，在这个边陲城市多姿多彩而又兼收并蓄。回族家族共居的厅厦房，维吾尔族美观实用的索合拉房，俄罗斯族哥特式尖屋顶的变形，汉族秦砖汉瓦的四合院……展示着不同民族的居住习俗，又镌刻着各个民族社会历史文化的深迹。蒙古族送五酒的婚礼、塔塔尔族住老丈人家的婚礼、俄罗斯族盐蘸面包的婚礼、维吾尔族跳麦西来甫的婚礼……各民族别具一格的婚俗，使人

● 李向东 摄

永远流连忘返。汉族的上元节是那样充满着古色古香的韵味，维吾尔族生小孩之后的托依庆贺，哈萨克族节庆活动的热烈奔放，蒙古族的祖鲁节风趣而又神秘。各具特色的衣食住行的风俗习惯，奇特而有趣的恋爱婚姻风韵，丰富迷人的节庆活动，神秘多彩的文化积淀，多民族的民风风俗，多特点的民情民韵，展示了世界四大文明碰撞融合的交织演绎，展示了新疆各族人民博大精深的文化底蕴，使乌鲁木齐市更具世界国际要道和中国对外开放重要城市的神韵。

乌鲁木齐有丰富的自然资源。有永久性天格尔冰川 164 平方千米，冰雪固体储量 73.9 亿立方米，有天然固体水库之称。发源于此的乌鲁木齐河在市内迂回曲折，头屯河穿行造势，水磨沟温泉四季温澈，长流不息，白杨河飞瀑倾斜而下，自成景观。四大水系年径流量达 9.17 亿立方米，水能储量为 18.5 万千瓦。乌鲁木齐煤储藏量达一百余亿吨，故称为煤海上的城。煤种类繁多，质量极佳，是国家冶炼不可多得的稀有燃料。市南郊柴窝堡地区是著名的百里风区，有效风能每平方米 1 小时可达 2000~3000 瓦，有取之不尽的风能可供发电。地热资源丰富，有多处温泉，日平均流量 220 立方米，温度在 28℃ 以上，大多得到了开发并成为重要的疗养及旅游资源。乌鲁木齐盐湖是世界上著名的精盐矿，不仅可提供多种微量元素的优质食用盐，还可为工农业提供不可缺少的重要原料。南山和阿拉沟铁矿蕴藏量丰富，锰铁矿铁质优良，矿层稳定，为乌鲁木齐发展为我国大西北的特种钢基地打下了坚实的基础。在桌子山和石油泉有油气构造的大型油田显示，古代就有地冒油气的现象，水磨沟油页岩储量可观，这一切为我国开发西北大油田做了可持续发展的前瞻性准备。乌鲁木齐还处于克拉玛依油田、吐哈油田、准噶尔油田、塔里木油田的中心，是四大油田总后勤供应基地。金矿、硅矿、铜矿、耐火黏土矿等分布广，易于开采，质量上乘。

乌鲁木齐是一块不可多得的草原牧场式的绿洲，地处中纬度地区。三面环山挡住了西伯利亚寒流，市区隐居内陆。冬季市区有逆温层，比 90 千米外市郊温度高 5℃~8℃。长居静风区内，一年四季无特大风的袭击。夏秋季雨水丰沛，降雨可达 300~400毫米，形成了独有的西部干旱区湿润秀丽的城市特色，气候条件可谓得天独厚。虽然地处塔克拉玛干和古尔班通古特两大沙漠之间，却是一块青山不老，绿水长流的宝地。

乌鲁木齐南山有保存完好的苍茫的原始森林，还有众多的山地林、河谷林和平原次生林、灌木丛林。全市有乔灌木 134 种，421 个品种。在山区古老的原始森林中，雪岭云杉直插云天，山涧圆柏吐翠欲滴，峭壁崖柳悬胜悠悠，红色的玫瑰激情流欢，庄重的马不留行花巧妙地显示着大自然的神奇。有的老树开花，有的独树成荫，有的异树相挽合欢，有的树根插石惊山，有的山石抱树使人击节惊叹。乌鲁木齐南山风景林区的大自然景观千姿百态、气象万千、情趣无比，世人难以名状。

乌鲁木齐市区群山起伏、沟谷纵横、水草丰茂、林木广布、生态条件复杂多样，为多种多样野生动物提供了生息繁衍的自然环境。其中有不少是我国的珍稀动物，如马可·波罗盘羊、胜利狼蛛闻名于世。乌鲁木齐的动物，为了适应生存环境，多数胸部宽阔，肺活量大，鼻孔粗大，便于呼吸，血液中血红蛋白高，储存氧气多，体毛厚密，绒细而长，以适应高山缺氧的气候条件。

生活在乌鲁木齐的汉族、蒙古族、满族、锡伯族，历史上信奉佛教。清代时期乌鲁木齐佛寺遍地，曾有庙 48 座，有塔两座，有经万卷，有僧万众，最著名的有红山大佛寺。民国时期，乌鲁木齐还有众多的道教徒和儒教徒，讲经点著名的有文庙、文昌阁、城隍庙，《论语》《道德经》百卷。乌鲁木齐的维吾尔族、哈萨克族、柯尔克孜族、塔塔尔族、塔吉克族、乌孜别克族、回族信奉伊斯兰教。全市有清真寺 32 座，著名的清真寺有塔塔尔寺、陕西大寺等，有《卧尔兹》和《古兰经》四千余部。俄罗斯族、日耳曼族、英格兰族、撒克逊族信奉基督教、天主教。著名的教堂有中华明德教堂、震旦福音堂等。

清代、民国时期的大多数汉族人不仅会汉语，还会维吾尔族语、哈萨克族语、蒙古族语。乌鲁木齐维吾尔族讲突厥语，行阿拉伯文。蒙古族人行蒙古托忒文，说托忒语，现行胡都木文。俄罗斯族行斯拉夫文，说俄语。还有哈萨克族语言文字、柯尔克孜族语言文字、锡伯族语言文字。满文、满语在全国几乎无存，惟独锡伯族人民保留了满文、满语，他们设满语中小学，为保存祖国语言文化作出了巨大的贡献。乌鲁木齐

文昊 摄

◉ 东 润 摄

有着世界上多种语言文字，各种文化在乌鲁木齐并行不悖，各个民族都用自己博大精深的文化，造就了一代又一代文化大师。

乌鲁木齐抓住改革开放的机遇，充分利用西部大开发的区位优势、自然优势、人文优势，利用神奇迷人的自然风光、浓郁多元的民族风情、世界四大文明融汇的风韵，大力发展旅游业，以旅游业为龙头，带动了其他相关产业的发展。近几年来加强了能源、交通、通讯、旅游景点的建设，修通了乌鲁木齐至吐鲁番，乌鲁木齐至奎屯的高速公路，形成了以乌鲁木齐为中心，国道、省、地、县、乡五级公路网。修通了乌鲁木齐至喀什，乌鲁木齐至阿拉山口的两条干线铁路，及乌鲁木齐至北京，乌鲁木齐至上海，乌鲁木齐至济南，乌鲁木齐至武汉，乌鲁木齐至阿拉木图等国内国际 20 趟对开列车。乌鲁木齐飞机场是我国的五大机场之一，已开通了国际、国内、区内航线 69 条，成为中国西部对外开放的重要门户和新疆交通网络的总枢纽。乌鲁木齐市 200 万门程控电话已经开通，960 路数字微波传输工程全部竣工，邮电通信设施得到了长远发展，为乌鲁木齐各项事业的腾飞插上了金翅膀。

乌鲁木齐市兴建了南山风景区、天格尔滑冰场、博格达峰滑雪场、水磨沟温泉风景区；重建了纪晓岚书屋(阅微草堂)、红山古塔、塔塔尔寺、二道桥民贸一条街、国际大巴扎等；重新装饰了人民剧场、人民公园、南门新华书店、新疆大学、新疆博物馆；建起了新疆伊斯兰教经学院、新疆维吾尔医医院、新疆科技馆等一批国际标准化文化胜地，使乌鲁木齐更具浓郁的民族特色和四大文明融合性文化气息。

乌鲁木齐改革开放带来的勃勃生机，丝绸之路的万紫千红，世界四大文明融汇的风韵，亚洲中心点的人杰地灵，为您带来旅游的幸福、观赏的喜庆、参与的欢乐和圆梦的吉祥。

草尖上的城市

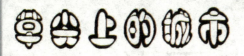

山川风光

博格达雪峰

博格达（蒙古语：天的意思）雪峰走向呈向北突出的弧形，紧邻乌鲁木齐市东北。主峰海拔5445米，终年白雪皑皑。在市内仰首可以看到博格达雪峰，乌鲁木齐人简称"东山峰"。它东起恰克马克塔格山，西至乌拉泊，东西长110千米，南北宽37千米。山脊线南坡属乌鲁木齐辖区。山地主体由古生代石岩组成，常见的有安山岩、角砾岩、集块岩、砂砾岩、质灰岩等。山脊线海拔3800米以上雪峰广布，仅乌鲁木齐辖境内的雪峰冰川面积就达80平方千米，海拔2000米以上冰碛体纵卧谷底，长达10多千米。海拔2000米以下，黄土覆盖面积广大。在海拔1000米左右的低山丘陵地带，平坦地面上开垦有农田，可见土层犁翻、田野秧绿。虽地形崎岖，岩石裸露，但时见春水灌田园，机肥散田间。秋天稻粟金黄，摇曳多姿，农家尝瓜闲话庆丰收。

博格达山最美还是它的冰岭雪峰，这座有名的雪峰银光映日，直插云天。15千米范围，海拔超过5000米的山峰就有7座，几十万年它始终保持了亘古不变的原始本色，白雪覆盖、雪色壮美、积雪千米、雪花精美。博格达雪峰俨然是乌鲁木齐的守护神。

博格达峰距乌鲁木齐市内仅20千米，是距乌鲁木齐最近的对外开放的山峰。这巨横排列的雪峰，峥嵘峭峻的群山，磅礴隆起的山脊，仿佛张开双肩欢迎着游人。

博格达雪峰道路交叉，峰回路转，非常适合建滑雪场供人们健身强体。最近乌鲁木齐市人民政府在这里建立了滑雪场，2001年该滑雪场被选为乌鲁木齐一级旅游景点。

天格尔冰川

◉ 文昊 摄

　　乌鲁木齐南部耸立着一座巍峨雄浑的山，它就是天格尔山。它东西走向、峰峦重叠、山势雄踞、气势磅礴。山体长 140 千米，宽 5~10 千米。它的西部地形复杂，形成弧形向前突出，向东形成乌鲁木齐小西沟山地。天格尔山有海拔 4000 米以上的山峰 27 座，最高峰海拔 4487.4 米（东经 86°56′30″，北纬 43°47′20″），最低处海拔 1753 米。地层由古生代石碳系变质岩类组成。海拔 3000 米以下高山草甸土层上，夏季植物生长良好，是优良的夏牧场。中生代分布许多台地，如香草台、乌梁斯台。这里地形坦荡，牧草丰美，有古老的准平原的遗迹。绿涛萦回、湿润丰腴，白杨林、云杉林茂密秀丽，草坪草甸葱绿如茵，形成了菊花台、白杨沟等著名的避暑胜地。

　　天格尔山现代冰川面积达 84 平方千米，乌鲁木齐河、头屯河均发源于此。这里寒风区、冰峰区、古冰斗区、终碛垄区、冰谷区、石冰河区、侧冰河区、侧碛冰堤区、刀脊型冰川区到处可见。这些雄奇满目的冰川奇观，如百里冰蛇起舞，万丈银龙腾飞，坚

冰簇簇，奇涌眼前，层银叠冰，绮丽光莹，使人如幻如梦，冰顿生三彩：一如浅绿，翠生莹飞；一如水晶，夺目生光；一如雪白，眼生银练。在这个洁白无瑕的世界中，你忘记了金钱时风、人情世故，只有一种"人生不高洁，在世如白活"的感觉。

　　天格尔冰川共有 77 条巨大的冰川。其中 1~5 号冰川距乌鲁木齐 120 千米，一号冰川最大，长 2.4 千米，平均宽 500 米，面积约 1.83 平方千米。犬牙交错的冰脊，纵横排阵的冰隙，突兀溜平的冰面，金字塔般的冰斗，抛物线般的冰碛，跃上大地的冰川河，到处可见。仿佛玉龙飞舞在这寒山冰谷，玉女飘游在这广寒圣宫。那深不可测的冰洞，难以望见井底的冰井，缥缈如带的冰下河，琳琅满目的冰塔林，美不胜收的冰瀑布，伟岸魅人的冰哥哥，奇丽迷人的冰妹子，拥抱在一起是那样亲昵。纵竖横陈的冰眼，隆起如翼的冰眉，这些无人雕饰的天然冰景，闪现了一种美丽和厚重。它是乌鲁木齐取之不竭、用之不尽的水库，它是乌鲁木齐人民的乳汁。

9

南　山

乌鲁木齐市南山是个山韵神奇、水荡绮丽的物华天宝之地，最近处离乌鲁木齐仅 50 千米。这里群峦起伏、草原明秀、林木森森、牛马成群。看水在半山腰，山在向前涌。自西向东平行分布着几十条大小的沟谷，既是优良的天然牧地，也是旅游观光的一个好去处。依次排列有东西白杨沟、灯草沟、大西沟、庙儿沟、板房沟等。这里一切都天然生成，不得不惊叹造物主的神奇，大自然的巧妙。

西白杨沟白杨参天，历经百年的古老的白杨依然伟岸茂盛。山脚、沟内、半山、台地都是白杨，因而得名白杨沟。这里蝶舞鸟唱，清风徐徐，群山巍峨戴雪帽，绿草连沟上山腰。一群群牛羊悠闲地围着毡房吃草，几个哈萨克族牧民倚门喝着奶茶，还有的跳起了欢乐的舞蹈，唱起迷人甜润的妙歌。游人们可租马而骑、赁房而卧，还可买来奶果子、马奶茶、手抓肉等佳酿美味，尽情地欢乐一番。正在欢乐之时，突听水声滂沱。

原来这沟的西头有一条飞瀑跌落，它高四十余米，宽两米多。只见白练悬空，玉龙飞腾，浪花飞沫洒雨，映成灿烂的彩虹，乱山跳碧如沉牛云雨，飞流不断如银河倒泻。它冲起了迷雾，激起了水风，染翠了草原。

在西白杨沟的对面，是东白杨沟。这里离市区仅 48 千米，也是古杨参天，因而得名东白杨沟。这里幽静雅致，坦荡开阔，草坪平铺，谷底宽广，河水奔腾，群山对峙。阴坡雪岭云杉遮天蔽日，阳坡花儿姹紫嫣红，使人游兴更佳。这时只见山如处女，泉如含烟，鸟雀营巢山涧，流萤穿飞花丛，轻风把一缕阳光带入沟内，哨鸽把一丝妙音送入耳中。绮丽的风光使人诗兴大发，画意袭来，豪情难以抑制，挥毫泼墨，会得千古不朽之丹青，会立万古不废之华章。

南山的多处沟谷，景色各有不同。游玩之后使您感到南山更比北山好，一山更比一山妙。

◎ 文昊 摄

乌鲁木齐河有时碧波荡漾，有时白浪涛涛，有时清流涓涓，有时湍流千回。看到它谁都会顿生童心，如梦漫游。

乌鲁木齐河发源于天格尔山一号冰川，沿山地北坡穿流而下，出山口切入盆地中的冲积扇平原。年平均径流量 2.35 亿立方米，流域面积 5128 平方千米，其中冰川面积 38 平方千米。它是乌鲁木齐的第一大河。

乌鲁木齐河全长 210 千米，上游源头至大西沟山口，流程约长 70 千米；大西沟至红山嘴垭口为中游，长约 50 千米；红山嘴垭口至东道海子为下游，流程长约 90 千米。近年乌鲁木齐河水在中下游区纳入青年渠、乌拉泊水库、红雁池水库、猛进水库等人工渠道系统，灌溉着沿岸 4 万公顷农田、0.7 万公顷人工林。昔日流经乌鲁木齐市区的河道已经干涸，河床已建成绿草闪翠的河滩公路。一条河流的庄严美丽，不仅出自它的大自然本来面目，还在于人民对它的利用，才能使它变水患为水利，变自然为神奇。昔日乌鲁木齐河，人民在理解它的基础上，将再造它更美好的生命奇迹。

乌鲁木齐河上游为乌鲁木齐河主要的降水区，即主流汇流地区。该河支流多，流量大，年际变化大，正常流量 7.45 立方米/秒。水流量季节变化大，夏秋季流量大，冬春季小，6~8 月份流量最大值可达 161 立方米/秒，冬季 1 月份最小值仅 0.29 立方米/秒，前者是后者的 555 倍。山区植被条件好，河流含沙量小，为夏秋季水利发电，旅游观光提供了有利条件。

乌鲁木齐河中游坡度减小，流速缓慢，河床宽 20~30 米，岸边出现河湾地、河漫滩、河谷阶地，乌鲁木齐的七道沟、八道湾源于此。青年渠首至乌拉泊水库经流散失，渗漏蒸发量增加，潜流露头，随地势降低而逐渐增多成为泉流。为优质矿泉水的开发，为温泉区的开发，旅游地的开发展示了瑰丽的未来。

乌鲁木齐河下游河床宽 20~50 米，流速缓慢，泥沙大量沉积，形成了以红山嘴、头屯河、猛进水库为底的洪积平原。乌鲁木齐河像一条玉带，又像一个母亲为这个城市镶嵌了颗颗宝石，几千年来造就了多少星星、月亮和太阳。江河大气源源不断，人杰地灵绿水长流，永远是乌鲁木齐人民的摇篮。

乌鲁木齐河

◉ 吴凤翔　摄

头屯河

　　头屯河发源于天格尔峰北坡乌鲁特达坂一带，全长 190 千米，流域面积 2885 平方千米，年径流量 2.33 亿立方米，是乌鲁木齐市第二大河。头屯河灌溉着约 1.3 万公顷耕地，是供给乌鲁木齐西部居民生产生活用水的主要水源。它的上游岸陡飞浪、水势急荡、曲折盘旋、回流百转；中游奔流荡然、渐渐趋缓、田畴争水、支流分叉，依它的灵光和乳汁润泽了 50 万人民；下游水多婉转、笼罩面小、显出苍凉，如无大洪水已无水下泄。

　　头屯河源头最高峰海拔 4562 米，雪线位于海拔 3800~4000 米，区域之间发育着现代冰川。海拔 1700~3500 米区域为头屯河主要降水地带，即主要的产流、汇流地区，多年来平均降水量 509 毫米，为头屯河补给水源。海拔 800~1700 米的低山带降水量较少，为 250~350 毫米，能够平衡头屯河水源长流不息。洪（冲）积平原地区表土疏松，降水量很少，难以形成地表径流，使

头屯河逐步走向干涸。中低山区不时出现历时短、强度大的局部暴雨而产生的水流，使下游又成了季节性河流。1965 年 7 月 12 日，哈地坡水文站出现了洪峰 478 立方米／秒的记录，为头屯河最高的水文记录。它来水稳定，年径流量和季节流量变化相对较小，高坡水流冲击大。它水势茫茫、水流浩浩，两岸稻麦青葱平伏、林木葱绿，水天之间迷离闪光。即景生情，头屯河奔腾的流水顿时会使人激情成诗。

　　头屯河是乌鲁木齐市和新疆昌吉回族自治州的界河，汛期河水向北流经米泉县、昌吉市，在猛进水库与乌鲁木齐河汇合后注入东道海子。1956 年猛进水库建成后，头屯河下泄洪水引入水库。1964 年以后，猛进水库以下头屯河枢纽工程完全控制了洪水，已无洪水与乌鲁木齐河汇合。两河汇流地形如凤凰展翅、孔雀开屏般汇入水库，一时看到阳光满河、掩映日月、水域开阔、水光激滟，形成了两河汇流独特景观。

红雁池

　　清风吹拂、池水扬波。几只鸿雁离不开这风水宝地。它们漂流在池水里，高高地昂着头，让池水拨动趾蹼，让清风吹着头颅。它们欢游其中，不忍离开，这就是红雁池。

　　红雁池位于乌鲁木齐南郊，距市区约6千米。红雁池是一个天然洼地，池东南有几股含盐较高的泉水流入，加上周围山上的雨雪水，积水深达10余米，水面0.6平方千米。池四周是白茫茫的盐碱滩，周围的石、土均为红褐色，又加上鸿雁年年栖息于此，故名红雁池。

　　红雁池闻名于世的原因，因为它是新疆的第一座水库。民国二十九年（1940年）由苏联水利专家特列古布工程师建议修建。民国三十年（1941年）新疆建设厅厅长李溥霖偕苏联专家共同踏勘，同年秋组织施工，技术由苏联专家布列夫主持。先开挖水库，后引渠放水，将乌鲁木齐河水注入红雁池，次年在红雁池北面挖隧洞160米，又将和平渠水注入红雁池。最初红雁池水库很小，设计库容800万立方米，实际蓄水仅500万立方米，提高水位仅8米。引水渠长3.6千米，设计流量3立方米／秒，实际过水1.5立方米／秒。民国三十二年（1943年）5月盛世才看希特勒进攻苏联奏效，变脸反苏，竟然要以"阴谋大暴动案"逮捕苏联水利专家。是年5月，苏联专家回国，红雁池水库工程秋季扫尾，勉强蓄水。民国三十六年（1947年）张治中主政新疆，批准扩建红雁池水库。到1949年10月中华人民共和国成立时，水库完成蓄水量达到1600万立方米，建成200米过河渡槽一座和46千米输水渠一条。红雁池水库的始建解决了乌鲁木齐人民冬季和枯水期的用水难题，为乌鲁木齐合理用水走出了第一步，红雁池不愧是乌鲁木齐给新疆人民示范的第一只鸿雁。

　　中华人民共和国成立后，乌鲁木齐大办水利。1953年3月红雁池扩建引水5.59千米，水渠452米，泄洪渠1700米，水闸一座，加高水库大坝16米，坝高程达1008米，坝延长420米，蓄水库容5300万立方米，加输水能力14立方米／秒。1976~1979年，建引水渠隧道696米，将乌拉泊水库和红雁池水库建渠相连。每年汛期前，将乌拉泊水库水调入红雁池水库，使乌拉泊水库腾出防洪库容，增加了乌拉泊水库的防洪安全。红雁池水库放水渠过水能力达到60立方米／秒。现在的红雁池，四周林带翠绿，鸿雁婉转歌唱，红鸥追伴逐欢，红鸦绕水三歌，野鸭、鸳鸯诸多水禽安详地栖息。鸿雁将好消息告诉世人，这里才是乌鲁木齐思古发幽的水乡。

柴窝堡湖

柴窝堡湖位于乌鲁木齐市东南90千米处，湖泊面积30平方千米，平均水深4.2米，最深处6.5米，储水量1.5亿立方米，湖水矿化度为3.92克/升。湖面及沼泽地的蒸发和山区来水维持着水量的相对平衡。湖水位变幅为0.47~0.70米，主水化学类型以HCO_3-Na型为主，说明湖水微咸，可养鱼蟹，并盛产各种水产鱼类。湖中偏西处的天然堤岸将湖分成大、小两湖。这里风光秀丽，气象万千，山色青翠，水域澄碧，杨柳依依，湖草闪碧……轻风吹过，鱼群游来，顿生无限情趣。

到这里的游人不由发问，柴窝堡湖并无干流河水，仿佛天上掉下来个柴窝堡湖一般。地质专家介绍，柴窝堡湖无干流河水，是由喀拉达坂北坡、博格达山南坡流入柴窝堡的地下水径流、潜水和柴窝堡盆地内的湖泊、沼泽等闭合性水系，组成了柴窝堡湖。这种湿地特性，保护了生物的多样性，使水、动物、植物、土壤保持了应有的自然体系，这种体系是生物学中生产力最高的生态体系。它是人类文明历史的一部分，它不仅保存了鱼、水、土，还保存了神话传说。湿地被人们形象地称为"大地之肾"。柴窝堡湖优美的湿地特征，为旅游者打开了认识世界的又一扇窗户。

对于柴窝堡湖水系单元，越来越多的旅游者想解开它的谜底。柴窝堡水系单元，处于三葛庄和西疙瘩隐伏的隆起带之间。专家测算，柴窝堡湖地下水高达1.02亿立方米，这些地下水从洼地中部溢出，形成了大面积的沼泽地，继而形成了柴窝堡湖。沼泽地和柴窝堡湖都为封闭地形，主要的排放方式是蒸发。每当雨水流入东面的盐湖，反而使盐湖的盐更加纯净，几乎清洗了全部的杂质和平时刮进盐湖中的所有的灰尘。盐就如苍天神赐给新疆人民食用的最佳最精的美味圣物。真有走遍天下娘亲，吃遍天下盐香的真味。

这种奇特美妙的水系，使它的每一片波纹都神采飞扬，每一棵绿树都增添了情趣，每一条鱼儿都奇妙多姿……

乌鲁木齐市人民政府根据柴窝堡湖湿地特征和水系之谜，将柴窝堡开辟为旅游景点。现在这里泉流蜿蜒曲折，游艇碧波斩浪，垂钓尽情尽娱，湖岸林带闪碧，花芳争艳，长廊明丽，凉亭送爽，整个柴窝堡旅游区，布局巧妙，和谐自然，引人入胜。

王凤翔 摄

山川风光 CAOJIANSHANGDE CHENGSHI

水磨沟位于乌鲁木齐市东北郊，是一条长1000米多的狭长山沟，沟内有大小涌泉几十眼，汇成了一条年径流量4040万立方米的水磨河。河水缓缓流向万亩良田，形成了粮茂年丰的天然水磨沟灌区。水磨河水清澈，水量稳定。河源头湿润，温暖蒸腾，即使在深秋初冬，这里草丛依然碧绿闪翠，野花姹紫嫣红，小鸟鸣啾欢闹。即使是大雪封山，冰冻三尺，这里仍然泉温水暖。

水磨沟温泉是矿泉与温泉两者兼备的优质水资源。按矿泉水分类，为硫化氢及重碳酸钠泉，水温恒定，冬夏温度均在28℃~30℃。20世纪20~30年代，在水磨沟温泉东北角，有一口圆形直径约70厘米，深约50厘米的干土层硫磺泉。若用细木条在干土层戳几个洞，用火柴一点，会燃起蓝色的火焰。这是当时乌鲁木齐水磨沟的一大奇观。

水磨沟地区分布着清泉水，1977年春季，在清泉山一处多年被堵塞的泉眼突然冒出大股泉水，引发了乌鲁木齐人民极大的植树造林兴趣，将此作为荒山造林第一眼泉源，次年春试种文冠果3500株，存活率竟然高达80%。这种亲眼见的喜事，更激发了人们绿化荒山之心。1980年乌鲁木

齐人民自发植树高达2.27公顷，又在各处荒山打井多眼，竟然井井涌流。现在水磨沟荒山绿树成荫，山坡林达26.1公顷，已成为独特的风景林区。

水磨沟山青水暖，沟内绿树夹岸，碧草芳菲，成为一大天然风景区。清乾隆四十八年(1783年)清政府曾经予以开发，在此修了依斗亭、盼云轩、笑涛阁等亭榭廊阁，这些建筑由于年久失修，加之水磨沟温泉区内湿气大，中华人民共和国成立时已经损坏殆尽，不复存在。1957年，乌鲁木齐人民在此疏通河道，整修道路，架设桥墩，将此处辟为游园，规划面积4.7公顷。

水磨沟温泉开发悠久，清乾隆三十四年(1769年)清政府曾在此设温泉亭，供人洗浴治病。20世纪二三十年代，这里开设男女温泉浴室各两间，每次可洗二三十人，浴室同衣帽间相隔，浴池同泉眼相通，污水泄流合理，浴室建筑精巧，是一砖到顶的拱形古建筑，没用一根木头，充分显示了中国人民高超的建筑技术。专家测定，水磨沟温泉内含多种有益于人体健康的化学元素。1982年乌鲁木齐市人民政府在此修建了温泉疗养院，近年又开辟了温泉游泳馆。现在水磨沟已成为人们休闲度假，治病疗养的国家一级旅游景点。

水磨沟

◉ 吴凤翔 摄

15

菊花台

文 欣 摄

菊花台位于水西沟两侧一个巨大的平台。一望无垠的平台台地上，山鸟啁啾，流泉淙淙，各种菊花异彩纷呈。这里湿润丰腴，平畴排空，阵阵芳香袭人，微微轻风拂面，蝴蝶飘飞，蜜蜂欢歌。这里的牛羊绕着香气，牧民溢着甜蜜，这就是天山深处著名的天然大花园——乌鲁木齐市菊花台风景区。

菊花台占地 3.13 平方千米，每逢 8~9 月份这里的植物群落生长茂盛，有的组成一处新的植物群落，形成黄花一簇，白花一处的自然景观。有的植物群落以亚优势种群渗透到另一植物群落之中，形成一个月一种颜色的花开，出现了年年岁岁花不同，岁岁年年花盛开的景象。有的植物种群在草原上镶嵌分布，像繁星点点落入人间一般。有的植物群落以条状分布，有的以块状分布，有的在迎风处生长，有的在比较隐蔽的背风处生长。这儿生长着不同种属的菊花，有风毛菊、牛蒡菊、姜宇菊、翠美菊、小丽菊、小叶蒿菊、博乐蒿菊。专家在菊花台植物种群调查，这里的野生菊花是乌鲁木齐最多的，达 24 个属，43 个种，是乌鲁木齐特有的野菊花景观之地。菊花台还有数不清的植物种群，有冰草花、茅草花、兔儿条、锦鸡儿、落地梅、映山红、假木贼、驼绒花、乌拉贵花等几百种草花。这里优质的栗钙土和黑钙土非常适合这些山坡草甸苔草群落生长，形成了乌鲁木齐一处优质草原牧场。

菊花台毡房点点，牛羊满坡。每逢节假日，这里的牧民们都要举行赛马、叼羊、摔跤、姑娘追、阿肯弹唱会等娱乐活动，一时间各族人民云集草原。哈萨克族的金嫂银姑捧出了醇香的马奶酒，招待到此的客人，小伙子唱起热情的祝酒歌、丰收谣，让客人喝个满口香甜。菊花台一时醉了，人们唱起了欢歌，跳起了群舞。菊花台更加芳香四溢，繁花似锦，缥缈如梦。

后峡盆地

　　由乌鲁木齐向西南走七十多千米，便来到后峡盆地。到了这里你才知道，不到盆地不知天地辽阔，不来峡谷不知世上还有这人间仙境。大自然精巧绝妙的鬼斧神工，并非人工所能雕琢而成。

　　这里山森幽碧，峰峦高耸，沟壑环顾，涧深蜿蜒。乌库公路（乌鲁木齐—库尔勒）穿峡而过，乌鲁木齐河流经其中。亘古千年的雪岭云杉，旁枝斜出的小叶白腊，奋发伟岸的天山山杨，倒垂水中的河渠柽柳四处可见。松鼠跳枝，旱獭窜草，野兔挖洞，鲤鱼跃水时能碰到。峡谷四周的山石矗立高悬，山岩峭出天外，山壁千仞万丈，山巅飞檐挂壁，雄险的景色使人惊奇而自豪。更加生动的是半空悬着的巨石的形象，有的如狼，虎视眈眈；有的似虎，咆哮山林；有的像雄狮，占山为王；有的似飞龙，腾飞云天。瑰丽的山景、石景、峡景真是千姿百态，使人不可名状。

　　后峡是东西向的断陷盆地，平均海拔2000米，东至梯匈沟，西至塔斯特萨依，东西长21.4千米，南起哈熊沟，北至萨思萨依，南北宽12.4千米，总面积265.36平方千米。盆地主要为中生代侏罗系的含煤沉积物填充，岩性多为砂岩，煤层厚315~416.14米，向乌鲁木齐八道湾延伸。盆地表面为砂石和黄土层，为开采煤层提供了较为便利的地理系数，盆地四周裸露石灰岩系煤炭。后峡盆地煤炭探明储量达4亿吨以上，故有后峡煤盆地之称。有诗为证："青青后峡煤井开，朝朝乌金送天外，南山更比北山好，小车刚走大车来。"这首诗反映了清代后峡盆地煤开发的情景。后峡煤炭开发始于清乾隆四十八年（1783年），乌鲁木齐六道湾煤矿的煤主要供市民取暖和做饭用，而一般饭馆、铁匠铺、冶炼坊主要用后峡的煤。后峡的煤无烟、有油、有劲、耐长火力，是无烟长焰煤，属国家优质煤。

　　乌鲁木齐河在盆地切割了一条南北向的冲沟——大西沟，它宽200~800米，相对高差80~200米，显得更加开阔。苍翠的群山，乌黑闪亮的煤堆，花海荡漾的盆地，美丽的后峡有一种使人看不够的感觉。

● 吴凤翔　摄

亚洲 中心点

　　亚洲中心点即亚洲大陆地理中心，它位于乌鲁木齐西南部的乌鲁木齐县永丰乡包家槽子村，距乌鲁木齐市 18 千米。

　　亚洲大陆地理中心经世界上最先进的彭纳投影法测定，以亚洲地图为基本标准，亚心位于东经 87° 19′ 52″，北纬 43° 40′ 37″，测定最远距离，东至太平洋的日尼奥夫角，西至欧亚两洲接壤点的巴巴角，北至北冰洋的切柳斯金角，南至印度洋的皮艾角。东西跨经度 154° 17′ 10″，南北跨纬度 76° 26′ 10″。

　　亚洲大陆地理中心处于天山北麓倾斜洪（冲）积扇上，海拔 1280 米，在包家槽子一道山梁上。这里四周地势开阔，地面稍向北倾斜，坡度 1∶1.2。亚心坐北朝南，背靠天山包容乃大，面对包家槽子草原雄视一地，西有萨尔达坂通灵畅光，东有乌鲁木齐接福成势，真不愧是乌鲁木齐的一块风水宝地。

　　亚洲大陆地理中心盛行东北风和南风，在天山的影响下，谷风比较明显，往往夜间吹南风山风，而白天吹小北风谷风，转换风向的时间夏季为 7 时至 21 时，冬季为 9 时至 18 时，一年有风天为 90 天左右。风力不大，一般为 1~5 级，个别情况最高才达 6 级，这与隐蔽于山沟内风力自然减小有

关。年降水量为 250~350 毫米，根本不能满足地表用水，以至于当地种庄稼不靠天。地表用水主要靠乌鲁木齐河补给，地下水打井 10~18 米均见水源。山区潜水形成地下水，水源从北往南以潜流方式运转，形成了地下水流的一股活脉。地下水为碳酸水，矿化度小，是上佳的地下泉潜流饮用水。当地种出的米粮瓜菜美味可口，品质上乘。

　　亚洲大陆地理中心，主要受温带大陆性干旱气候和地形的影响，分布有多种区域性特征，有一定的复杂性。一般扇缘部为灌溉草甸土，中心点崛起的山梁地带为荒漠草甸土，土壤 PH 值高，土壤垂直带较为明显。植被生长环境呈多样性，种类丰富，有旱生、超旱生多种植被生长发育。除农作物外，常见的高等植物达 224 种，形成了丰富多彩的旅游资源。

　　亚洲大陆地理中心已修亚心塔一座，高 16 米，塔基直径 6 米，四边 8 根钢柱支撑为塔形，钢柱边长为 30 厘米，塔顶放直径为 0.5 米铜球，铜球上端有长 0.5 米铜针直插云天，在铜针垂直的下端，置直径 10 厘米的铜质亚心，塔周围 20 米地面全用大理石铺筑，附近新建有宾馆、餐厅、会议室等服务设施。

草尖上的城市

名胜古迹

丹凤朝阳阁

丹凤朝阳阁坐落在乌鲁木齐市人民公园（民间俗称西公园或海子沿）内，于民国七年（1918年）农历二月十八日动工修建，1918年6月18日竣工，最初定名"杨增新公祠"。

整个建筑如丹凤朝阳，向着祖国太阳升起的地方，表现了新疆人民永远向着东方、向着朝阳的那种奋发向上的精神风貌。1933年前清举人阎毓善依据它雄浑的气势和乌鲁木齐人民的要求将其更名为丹凤朝阳阁，沿用至今。

丹凤朝阳阁坐北朝南，两层砖木结构楼房，建筑面积1522.83平方米。主配楼连为一体，主楼突出，宽敞幽深，两侧每层均为对称的三间，围绕阁一周构成回廊。丹凤朝阳阁顶上建天心，高达两丈，因形衍施。当年登临鸟瞰全城，可凝睇乌鲁木齐河，眺望天格尔冰山。其单檐歇山顶，上置宝葫芦；翘檐挂翼龙，上布琉璃瓦；中檐卧脊兽，高昂托起势，下有五彩棱拱结构，悬着一块绿色匾额，上书"丹凤朝阳阁"。字体疏朗开阔，可供远眺。回廊共有红漆圆木柱39根，直径40.5厘米，柱叠台直径85厘米，廊柱顶绣雕有五彩龙头、象征中华的99条龙头

凤尾缠绕，探头藏身，跃然柱上。墙体为三一砌砖法横平竖直，抹灰为麻达灰和纸筋灰，隐蔽基础材料为乌市南山石灰岩和花岗岩，砌灰为石灰砂浆。两梢间有单项楼梯，明间中部有雕花屏障，后有一个楼梯道口，正面槛墙均用镂空圆柱花门窗隔于廊柱之间。木结构楼枋上绘有一幅孔雀戏牡丹的图案，两侧楼枋绘有百鸟争艳图、百鸟争鸣图和山水风景画，全部为接榫结构，整个建筑未用一根铁钉，充分显示了中华民族建筑艺术的博大精深。

丹凤朝阳阁修建费用主要靠民间集资。因大文人杨凤霞、杨绍周、苗沛然等在1912年赞成辛亥革命，新疆巡抚袁大化要杀他们，杨增新权变笼络人心，放了这五十多个大文人。以后这些人为报答杨增新，自筹经费修丹凤朝阳阁。杨增新怕后来人造舆论，和亲属自掏少部分腰包。工程负责人是杨凤霞，管理人为杨绍周、苗沛然，木工领班是天津杨柳青人王思荣，瓦工领班是陕西西安人李天喜，抹工领班是天津杨柳青人崔大师，这些能工巧匠齐聚于乌鲁木齐，精雕细刻，精致制作，精心施工，为乌鲁木齐人民留下了一处名胜景观。

文昌阁

文昌阁是乌鲁木齐市一座民间文化建筑，坐落在解放北路春风巷。相传该建筑是在1805年纪晓岚死后不久由民间集资所建。1870年文昌阁为阿古柏侵略分子侵占，妄图立为清真寺，回族、维吾尔族人民坚决抵制不去做礼拜，因而很好地保存下来。1877年左宗棠、刘锦棠打垮了阿古柏侵略者，又正名文昌阁。1908~1910年《老残游记》作者刘鹗流放于乌鲁木齐，新疆布政使王树楠将他安排在文昌阁居住，刘鹗在文昌阁写出了《老残游记》续集。民国年间《抗日报》的杜重远和文学家茅盾，先后在文昌阁写出了著名华章《新疆通讯》与《白杨礼赞》等。2002年乌鲁木齐市人民政府将文昌阁进行了重修。

文昌阁原坐西向东，占地31平方米，高16米。三层重檐，逐层缩小，台基高2米。一层为石墙，有拱形大门，为惟一进出口。门顶正中书"文昌阁"三字。一层直径10米，高7米，厅内立柱12根，柱径0.6米，鼓形石础。其中4柱直耸阁顶，8柱立围绕阁。外檐出八挑，彩绘天花板。门前有台阶七级，青石压阶，拾级而上。

二层高4米，直径6米。直条格扇装饰，顶设藻井，檐外挑枋，上雕龙兽，栩栩如生。三层高3米，直径缩进，挑枋端部有斗拱承托檐角，阁顶为攒尖，饰有和田玉珠，下为莲花座。三层阁均为曲线，青瓦饰坡面，又以丹凤蟠龙为脊，层层檐角上翘，龙头高昂，凤首朝天，气势磅礴。文昌阁旁还有大殿一座，为双梁雄跨结构，坐西向东，建筑面积260平方米。单檐歇山顶，卷棚勾连搭瓦屋面，屋顶正脊与垂脊砌有浮雕花砖。

文昌阁设计巧妙，内中有假门、假道、夹墙、夹壁，里边藏有丹青古籍，文书档案。初入者难识上下，莫辨出入。阿古柏侵略分子占领期间，由于有秘密机关，文物古籍一样未失。设计者还注意了聚音技术和静音技术，如拾级进厅，则闻啪哒、啪哒之妙音；厅内细语，则闻丁零、丁零的银铃之声；还能在阁内清晰地听到外边的说笑声。二层又如静夜一般，适合在此挥毫泼墨，思文吟诗。

※红山古庙※

红山古庙是一处佛教和道教综合性建筑，分为三部分。第一部分是玉皇庙，第二部分是红山宝塔，第三部分是大佛寺。三部分起势造景，互相照应，散聚叠山，视觉生动，形成了乌鲁木齐古建筑群的独特景观。玉皇庙和宝塔建于山顶，大佛寺建于山南脚下，给人一种舒狭刺激、联想惬意的感觉。山上可听到山下水声、鸟鸣声、唱歌声；又可听到山下的风声、雨打声、祈祷声，真可谓声感汇合，妙不可言。红山古庙群不仅使人视觉、听觉有独特的感觉，它还能传神。

三大建筑利用婉约多姿、浑若天成构景素材，将人的视觉和听觉加以分割；利用隔景叠山造型，静观和动观的效果，使人在游行之中，突然增加了空间的深远感和层次感。爬山时仿佛神来之力相助，下山时仿佛神来之风相传，感到幻影在身后保护你，使人世间的杂念得以抑制，从而获得心灵的休息和平衡。红山独特的旅游效果，据说是和它的山体富含矿物质有关，科学家正在探索之中，不久就可得出它的千年谜底。

清乾隆四十四年（1779 年）建红山玉皇庙，它是一座砂瓦朱墙的四合院。山门前矗立着两根高大斗杆，山门内有正殿 3 间，左右各有配殿一间。正殿设有玉皇大帝的神位，左右殿设有风神、雨神、雷

● 金炜 摄

22

◎ 文 焱 摄

神、电神的牌位,展示了汉族人民对天地风雨雷电自然现象无法得到科学解释之前的信仰。

清乾隆五十三年(1788 年)建红山九层实心砖塔,塔高 10.5 米,由塔身、塔基、塔刹三部分组成。塔身平面呈六角形,塔基砌高 1 米,塔身每边长 2.26 米,每层高约 0.9 米,塔身尺寸、边宽逐层递减,塔檐挑出收分明显,塔顶有重叠宝葫芦式陶瓷塔尖。红山古塔西面是悬崖峭壁,形如狮虎添翼,直插云天。红山宝塔是乌鲁木齐市的重要标志和象征。相传当年乌鲁木齐河洪水常泛滥,建古塔是为镇洪之用。

清乾隆五十三年(1788 年)乌鲁木齐人民在建红山古塔时,同时建了大佛寺。大佛寺坐北朝南,面阔三间,砖木结构,单檐歇山顶,正脊砖雕,钱脊起翘,插棋斗拱,彩绘神仙图案。山门内有四大天王和八大罗汉塑像,红山脚下又建三皇庙、三斗宫、地藏庙、海神庙、火神庙等。民国年间这些建筑大多遭战火破坏,又年久失修,现仅存大佛寺山门,是红山脚下惟一遗存的古建筑。

文　庙

● 向京摄

　　文庙是一处儒教建筑，位于乌鲁木齐市前进路 15 号，原迪化(今乌鲁木齐)城东门内侧。文庙后殿和左右殿是清乾隆三十二年(1767 年)扩建乌鲁木齐时修建的。民国十一年(1922 年)杨增新担任省长时又建前殿，民国三十四年(1945 年)将大殿改修为孔庙大成殿。1990 年国家拨款百万元将文庙修葺一新，不但保持了原有的建筑风格，而且更使人感到有时空流动、景景相连、容景扩展、富于变化的文化品味。

　　文庙是一座完整的院落式庙宇建筑，坐北朝南，砖木结构，中轴线依次建有大门、前殿、后殿，东西两边纵轴线建有对称的 4 座配殿，前殿东西两侧有钟鼓楼各一座。文庙占地面积 2794.6 平方米，建筑面积 993.55 平方米，前殿建筑面积 190 平方米，后殿为 250 平方米。前后两座大殿，均面阔三间，为单檐歇山顶，灰色角瓦，脊兽昂立，飞檐翘首。前殿屋面中脊两旁有琉璃菱形图案，后殿为前檐卷棚，殿四周为红漆圆木柱外廊，前殿 28 根，后殿 30 根，整个文庙建筑风格立意空境，曲线优美，进深有度，造型追求多样化，反映了不同时期文化的源流和脉络，是新疆古建筑艺术宝库中一颗璀璨夺目的明珠。

　　初建庙时，这里祭祀孔子和关羽。孔子是思想文化大师，关羽是忠臣义士武将，时称文武二圣庙。清光绪十年(1884 年)新疆建省后，清政府为纪念反对阿古柏侵略奋战而死的将士，将文武二庙改为"万寿宫"，又名"昭忠祠"。辛亥革命后，改为上帝庙。当时全疆文武官员都要到上帝庙宣誓，现存前殿脊檐上写有"中华民国十二年宣次壬戌孟夏下浣谷旦新疆省长兼督军杨增新建立，总商会会长周宝荣、苗淇发监修"的字样。1945 年复改为文庙。1945~1949 年举行过祭孔活动。1979 年 7 月 27 日定为市重点文物保护单位。1987 年 8 月市人民政府在门前立碑。1993 年成为乌鲁木齐市博物馆，陈列本市文物，供人参观。

雅玛里克山塔

雅玛里克山塔是一处道教建筑。它位于乌鲁木齐市雅玛里克山北端，俗称妖魔山石塔，与红山砖塔互相对应。雅玛里克山塔建于清乾隆五十三年（1788年），1922年因国防施工需要，将已残破不堪的雅玛里克山塔炸毁。1984年乌鲁木齐人民纷纷要求重建此塔，1985年市园林部门在此塔原址，重修了一座九层塔，但未恢复原貌。

现雅玛里克山塔是一座九层空心塔，由塔基、塔身、塔刹三部分组成。塔基由石灰石砌筑为1米高，基座平面是六角形，塔身平面呈圆形，建筑结构为筒式，塔顶置覆钵，上置铁相轮与宝瓶及铜针。塔高14.5米，顶层高1.8米，塔身尺寸边宽逐层递减，各层平座与腰檐之间高度不同，使塔身外形富于变化，全塔雄浑大度，气势磅礴。

设计者注意了聚音技艺，如拾级爬山而来，可闻塔有啪嗒啪嗒的脚步响，声如天外而来，实则是自己的脚步声；如要听塔外细语，则有和风细雨的回响声；如对塔而笑，则有笑声朗朗的回音。相传当年乌鲁木齐有两个妖魔，一个是风魔，一个是雷妖，风魔时常刮走人吃，雷妖又时常雷击打死人吞了，乌鲁木齐人民就建了此塔，将风魔雷妖收于塔内，从此乌鲁木齐成了一个无大风、少雷击的美好温馨的城市。

据说许多粗喉咙大嗓门、歇斯底里脾气不好的人，常到这里来，就变成和声细语可爱的人了。这里还是练声唱歌的好去处，人们来这里练歌练声吊嗓子，能使声音圆润动听，字正腔圆。这里曾培养了不少戏剧名角和歌唱名星。

● 吴凤翔　摄

25

2001 年乌鲁木齐新建了二道桥市场，建筑面积达 35000 平方米，有印度、俄罗斯、巴基斯坦、吉尔吉斯斯坦等 18 个国家的朋友在此经商；有汉族、回族、蒙古族、日耳曼族、英格兰族、维吾尔族、哈萨克族、乌兹别克族等 37 个民族的商人在此叫卖；有新疆乃至中国和全世界的两万多种商品供你选择。二道桥不仅是客商云集之地，也是少数民族聚集的地方；不仅是各民族的闹市，也是少数民族的夜市；不仅是大宗产品的集散地，也是新疆土特产品批发区。

昨天，乌鲁木齐市人民把二道桥当做便民桥、连心桥、聚财进宝桥！今天，它将给乌鲁木齐、中国和世界带来方便、和谐和无限商机。二道桥市场一、二、三层是新疆和各国土特商品的经营区，四层是民族歌舞宴会厅，五、六层是为经营户服务的全世界物流宽带网区，与世界接轨同步进行商品交换。全市场 6000 个摊位，日客流量高达 8 万余人。商贾和顾客将二道桥市场推向了一个全新的经营模式，让乌鲁木齐顿添风采，为新疆走向世界，世界拥抱新疆架起了一座新时代的二道桥。

新时代的二道桥无河无水，只是一座纪念桥。真正的二道桥是清光绪二十二年（1896 年）修建的，昔时二道桥两岸已是一个喧闹的区域，有天津帮商人八大家，陕西的千里挑担货郎，俄国的商家，德国的货主，喀什的商贾，伊犁的老板，"请进、请坐"之语不绝于耳，算盘称重之声日夜不停。当年这里有丝绸市场、地毯市场、棉花市场、羊毛市场、土特产市场等，商谈结算有规，市场调节有序。市场的辅助设施，大饭馆、小吃店、车马房、乡会馆、小酒铺应有尽有。扫苗（剃头）坊、成相馆、洗澡池、钱庄子、制衣铺一应俱全。惟独缺少一座桥梁。人们到对岸去交易，过桥不是走四里外的西大桥，就是去三里外的头道桥，给乌鲁木齐人民造成了诸多不便。当时有一个江苏的细木匠叫李玉林，他提出想造一座桥。此言一出，各省会馆纷纷募捐支持，3 天内募捐银子 3 万余两。李玉林师傅 3 天后交出桥的图纸，由江浙商会出工，直鲁商会买建桥材料，其他省会馆办运输、民工生活之事，一时人们的积极性很高，3 天后就开了工。新桥东与新市巷交叉，西和天池路交叉，造在此处的十字路口，南北走向。桥跨度一丈五尺，桥宽一丈一尺八，桥高六尺，桥栏杆四尺，桥下纵排三尺一桩，横排一尺一桩，加引桥共打 325 根桩，全部为套榫结构。桥面铺松木板，桥桩用杉木桩，桥栏用柏木条。六月初二开工，七月十八竣工，桥下有一股从东面二道湾流下来的清水，河水流过南市巷水渠，流入乌鲁木齐河。这座桥成了乌鲁木齐南北交通的要道。人民为感谢李玉林师傅，起名"玉林桥"，李玉林不同意，起名"二道桥"。因乌鲁木齐南梢门外，还有一座木质桥，叫头道桥，他认为他造的桥叫"二道桥"比较合适。

二道桥

◉ 向京 摄

陕西大寺

陕西大寺位于乌鲁木齐市和平南路永和正巷 10 号，是乌鲁木齐市最大的回族清真寺。据建筑专家从遗存建筑物的建筑装饰判断，为清乾隆年间所建。"和平老人"马良骏掌权于此寺时重建大寺。现大殿檩上有"清光绪三十二年岁次于上浣谷旦督工掌教咸阳教末马良骏监造"的字样。陕西大寺年久失修，亭子坍塌，殿宇倾斜。为保护文物，中华人民共和国成立以来先后拨款 50 万元维修，其中 1984 年一次拨款 10 万元大修复原结构，殿基升高 1.1 米，1985 年竣工。

陕西大寺自古有和平慈善美誉，相传 1874 年阿古柏侵略新疆，攻陷乌鲁木齐后大肆杀戮满、蒙、汉人民，还妄图到陕西大寺讲经，回族人民无一人前去听讲，阿古柏气得拂袖而去。回族人民以后在大寺内成立回民军，和徐学功将军一起赶走了阿古柏侵略军。

陕西大寺占地面积 5186 平方米，建筑面积 601 平方米，是一座庭院式建筑。南北建有侧房，称为南厅子和北厅子，南厅为讲经堂，北厅为议事堂，东西有宗教人员宿舍和工作间。正面是大殿，是陕西大寺的主体建筑。大殿建筑面积 500 平方米，坐西向东，面阔五间，由前殿、川亭子、月台子组成一个平面。大殿顶呈凸形半圆，前殿单檐歇山顶，飞檐脊兽，雕梁画栋，屋面镶有绿色琉璃瓦，殿身后伸出上八、下四的重檐。川亭子和八角亭与之相连。八角亭重檐朴藻，彩绘着巴旦木花、娜仁花、石榴花、月季花等彩绘图案。月台子和大殿 36 根廊柱相接，有 12 个新月显示伊斯兰教的风格，壁内设有阿拉伯壁龛和经文台。陕西大寺既有中华的风格，也有阿拉伯建筑的痕迹，还有新疆伊斯兰教建筑的风韵。但最主要保持回族人民建筑的特色，说明了回族人民是个善于学习融合的民族，把世界上各种建筑风韵都融进了自己的宗教建筑中，使陕西大寺具有世界建筑特色。

27

汗腾格里寺

乌鲁木齐人民习称汗腾格里寺为维吾尔族清真寺,位于解放南路北端。建于清乾隆十五年(1750年),始有28间店铺客栈,宗教活动开支就靠租房商贩筹集。商贩大都是喀什人,所以俗称:喀什寺。1766年清政府将乌鲁木齐都统府从九家湾迁到新城设东门、西门、北门,喀什寺在南门,人们又称南门寺。清光绪八年(1882年)伊犁将军府迁居该寺附近,工商业、手工业繁荣,汗腾格里寺一时热闹非凡,人们又称:闹市清真寺。其间教民捐巨资重修,除对原有建筑全部整修外,又修一座门楼,名曰:"唤醒楼"。唤醒人们早祷,唤起人们勤奋幸福过好每一天。1903年新疆维吾尔商界知名人士肉孜·阿吉出资修缮了该寺,并赠豪华铺面多间,人们又称:肉孜·阿吉寺。1984年因年久失修,国家拨款50万元和群众集资5万元进行了重修。1988年竣工改称:汗腾格里寺。汗腾格里峰在新疆阿克苏北山,是天山高峰之一,汗腾格里是维吾尔语又高又大之意。还有另一语意,早年其寺有一清泉,曾流向乌鲁木齐河,流水如歌,唱着汗腾格里、汗腾格里。始建时档案记载就叫汗腾格里清真寺。2001~2004年国家又投资百万元将其装饰一新。

汗腾格里寺占地面积3800平方米,建筑面积1750平方米。坐西朝东呈方形,有宣礼楼、礼拜殿、庭院三部分。宣礼楼是宗教人士每天早晨向太阳宣礼、向大地宣礼的地方,门楼高12米,五龛斗棋,凹形支撑,整体框架相连,三弯新月端竖,中层平台错落有致,双扇不锈钢门,庄严肃穆。

寺前摆有鲜花,绮丽而又淡雅,有一种自然生动,开合自如的感觉。寺庭院内,又有众多鲜花,形成了虚实对比,使人产生了一张一弛的时空境界,这是维吾尔族人民的一种创意,有别于其他国家伊斯兰寺院的做法,形成我国伊斯兰寺院独特的审美风格。

汗腾格里寺的礼拜殿,又分为内寺、外寺、廊厦三部分,廊厦12根柱体横列礼拜堂,每个柱顶一弯新月,象征1年有12个月,内寺有众多神龛,是放《古兰经》、《圣训》、《卧尔兹》经书的地方。地下铺地毯,供穆斯林群众祈祷之用。神龛、廊柱、门窗、梁边、墙顶角、柱垫都有镂花艺术。镂有杏花、棉花、稻麦花、娜仁花,其模拟自然,造境依托,美不胜收;有藤、蔓、芽、枝主干大小相间,相融造韵,使人大饱眼福;有阿冬纹、荷花纹、宝相纹、叠交纹,构思脱俗,意境深远,表现出了维吾尔族人民精湛的雕刻技艺。这种镂雕艺术是维吾尔人民风格的精华,虽然继承世界各种宗教的纹样和中华各民族的花色特点,但仍然保持维吾尔族人民传统图案艺术,充分显示了维吾尔族人民的聪明才智。

● 文昊摄

塔塔尔寺

塔塔尔寺位于乌鲁木齐市胜利路西侧 181 号。早年因塔塔尔族人大多在这里做礼拜，故称"塔塔尔清真寺"。塔塔尔寺在清光绪二十五年（1899 年）由乌孜别克人首建。民国二十年（1931 年）由德和洋行的资本家穆沙来夫（穆斯林信徒）帮助扩建两侧及前殿，因此又称"洋行寺"。1983 年人民政府拨款 50 万元进行维修，现在塔塔尔清真寺清雅肃穆，光影相融，更具民族宗教建筑特点。2002 年由于乌鲁木齐市区规划，塔塔尔寺后移 60 米，国家投资予以重建。

新建的塔塔尔寺占地面积 3500 平方米，建筑面积 2200 平方米，坐西向东，寺院门是三联拱形，上有木制雕花，甚为别致。塔塔尔寺青砖压檐砌腰，钢混结构。由前廊、正殿、侧厅 3 部分组成。

前廊为多柱式空间，进深约 6 米，宽约 14 米，有略加雕饰的线脚方形廊柱 32 根，在柱子首端的梁板上雕刻着各种彩色花纹。前廊面临大街，宽大的廊檐向前突出，形似一个大亭子。檐角斜展巧饰彩绘，廊柱排列有序，雕刻别致秀丽，具有明显的塔塔尔族的建筑风格。

正殿分前后两殿，后殿设圣龛和宣讲台，前殿内铺民族风格的地毯，供穆斯林信徒做礼拜所用。墙面不饰任何装饰，顶部建有八边柱形召唤楼，楼顶采用不锈钢材制。上悬 5 个新月。外部建筑色彩以深蓝色为主色调。

正殿有四侧厅厦，呈哥特式建筑的雏形，下边敞开式进深无遮拦通道。全寺侧厅雕砖彩绘，幽雅大方，给这座风格别致的清真寺顿增色彩。塔塔尔寺建筑别开生面，是乌鲁木齐市内塔塔尔、乌孜别克、哈萨克、维吾尔、回等民族群众共同活动的宗教场所。

乌鲁木齐天主教堂

清道光十六年（1836年），天主教士在顺南巷建天主教堂一座。房三间，地三垧，约六百平方米。只是用旧式民房改建，保留了汉民族的拱卷体的建筑式样，但室内大部分为西式装修。

1878年将顺南巷天主堂房产卖掉，迁到小南门外的一块地，新建房3栋，砖石结构。北为主堂，上矗十字架，东为宗教人士居室，南为修女居室。3间天主堂外部建筑式样采用中国柱廊式，内部装修全部西化。

中华人民共和国成立后，乌鲁木齐天主教堂作为文物单位予以保护，文化大革命受冲击。到1989年已破旧，国家投资3万元，房管部门还租金3万元，教民集资32万元，重建教堂。新建教堂由新疆建筑设计院设计，有院落大门、钟楼、礼拜堂、住房、餐厅5部分组成。总面积四千余平方米。现有教民两千多人，圣经千余部。

礼拜堂为哥特建筑式样，两山墙为尖形人字式，屋面为古希腊菱形式样。有20个大窗，8个小窗，窗为月牙形。室内有10盏大灯，30盏壁灯，2盏圣灯。无论是下雨，还是阴天，室内都明亮如昼，利于教民学圣读经。主教讲经台为进深四六式，又有中华建筑风格杂糅其间。

钟楼为拜占廷式的建筑风格，人迎女儿墙，立面用叠台式收缩，上矗十字架。墙内屋顶为穹窿形，递交向下扩展。这与欧洲和中国内地的天主教堂全然不同，别开生面地呈现了新疆宗教文化的特色，生动新颖。

住房餐厅为罗马式建筑风格，住房搭在1米高台之上，明显高于礼拜堂、院门等建筑，显得别出心裁。抛物线形、折叠形、弹头形、人字形、走马形各种建筑造型优异别致。看后仿佛不是在教堂中，而是在画面中，把有限的个性与无限的宇宙融合在了一起。

最有特色的是院落的大门，是中华建筑式样，为主教谢廷哲设计。8根环方形大红柱顶起了门廊，2米宽的门头架起了物韵的审美空间，7米长的大门造成了一种大手笔之气，门檐的琉璃瓦又形成了中华民族的情感世界，门脊呈现出一种师法自然的和平游景，别具一格。

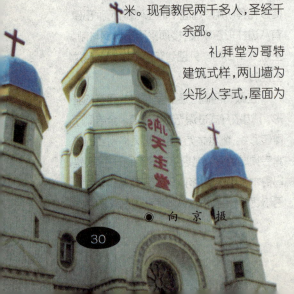

◉ 向京 摄

明德路基督教堂

清光绪二十二年（1896 年）基督教传入乌鲁木齐，在北门设教堂一座，为土木结构的几间平房。后迁移文化路，建了一座简易的楼房。民国三十四年（1945 年）又迁到明德路 1 号，建有砖木结构的楼房一座。文化大革命期间教堂被占用，后城市规划教堂被拆除。1981 年国家落实宗教政策，重建明德路教堂。1985 年建成，总面积四千多平方米。现有教民三千多人，圣经两千多部。

明德路教堂为中西合璧式建筑造型，分为 7 层，一层是讲经堂，二层为礼拜堂，三层是接待室，四层为办公室，五至七层是钟楼。顶竖十字架，外观极具南欧哥特式建筑风格。有空间开阔、矗立显明、曲线优美的感觉。

一层讲经堂为前台后厅式，顶为庑殿式。前台檐廊周匝，楼梯进深构造，大厅有窗 20 面，8 根大柱立于大厅，大厅比前台低 1.2 米，形成自然的讲经堂造势。开前后门，并有卫生间、放映间等设施。有吊灯多盏，壁灯数台，并用电视讲经，给人一种现代的新颖感。

二层礼拜堂为腰檐平座式，顶为正开形结构。大厅开阔，注意节约空间。在立面造型和平面布局上，向多种类型发展。门的造型不对称，窗的造型也比较灵活，这种不追求对称的风格，使人耳目一新。

三层接待室和四层办公室为标间赶平式，根据使用的灵活性，分为小间，力求和整座建筑平衡。虽然构造多变驳杂，但是保持了撑柱牢固，承重加固，显示了哥特式建筑力求千年永固的特点。外观上又不显庞杂，给人一种轻巧玲珑的感觉。

明德路教堂结构牢固，反映了中国人民严谨实在的古老传统。众多的建筑图案，具有浓厚的新疆民族风情；哥特式的楼顶，拜占廷式的钟楼，罗马式的弹头窗，欧洲式的圣灯，具有深厚的马丁路德式的文化气息。取材多样，构思力求别出心裁，成为乌鲁木齐宗教建筑文化的一大特色。

◎ 向京摄

乌拉泊古城

◉ 吴凤翔 摄

乌拉泊古城位于乌鲁木齐市大湾乡乌拉泊村南，距市内 17 千米。此为唐至元代古城，是了解乌鲁木齐历史的一处胜地。有人认为是唐代的轮台城，亦有人提出异议，没有确凿的证据，就连历史学大师也只能对这场争论缄默不语。

乌拉泊古城平面呈三角形，南北长 550 米，东西宽 450 米，面积为 25 万平方米。城墙为干打垒夯土筑（两边顶牢两块木板，中间放湿土夯实。新疆许多古遗址均用此法筑城造屋），城墙 2~7 米，基础厚 10 米，顶厚 3 米，宽约 6 米。城墙四周筑有突出的墙身，上有牛头马面，长宽均约 6 米，南墙 6 个牛头马面保存较好。东、南墙各修筑一城，长 18 米，宽 15 米，北墙有两个城门，从夯土筑土层，木质拉力材料化验证实，城墙并非一次筑成，下部为唐代基础，上部经宋元多次修补。在城中拾到许多唐、宋、元时代的陶瓷片，还拾到许多清代铜钱，说明一直到清代，这里还有人居住。到清中期，乌鲁木齐形成一座美丽的城市，人们才弃城入市。

古有 3 道内墙，将其划分为东、西、南 3 个古城。西内城有 10 万平方米，东内城 4 万平方米，南内城 10.5 万平方米。城东南有一圆形夯土台基，底径长 20 米，残高约 3 米。乌拉泊古城是现已发现的乌鲁木齐市辖境内年代最早、保存最好、文物最多、离市最近、最能引起游人兴趣的一座古城，对了解乌鲁木齐历史具有重大价值，是人们来乌鲁木齐不能不看的一处古迹。

民国十六年（1927 年）乌拉泊古城又添壮烈。新疆土皇帝盛世才制造了所谓"阴谋大暴动案"，大肆逮捕各族知名人士。从俄国东归祖国英雄渥巴锡汗第八代孙土尔扈特汗王满楚克扎布被秘密扣押。土尔扈特人民知道后义愤填膺，纷纷要用武力救出汗王，并由同是东归英雄子孙和硕特班迪亲王，带领土尔扈特与和硕特 258 名子弟骑马而来。谁知这消息被盛世才的特务探知，当两蒙古部落子弟到达乌拉泊古城时，被盛世才的部队包围起来，258 名子弟猛力拼杀，力求突围，终因寡不敌众，全部战死。至今乌拉泊古城英雄的血痕犹在，后人常来此凭吊英雄。

◉ 金炜 摄

一炮 成 功 遗 址

　　位于六道湾山梁上，和原迪化城形成不对称狭角。只要站在这座山梁上，就可俯瞰乌鲁木齐全城的风貌，自古这里都是扼乌鲁木齐的要地。

　　清同治三年（1864 年），阿古柏侵略军攻下乌鲁木齐，大肆杀戮人民 1 万余人。清同治十一年（1872 年），乌鲁木齐人民收复了乌鲁木齐，次年又被阿古柏攻下，残杀人民 2 万余人。清光绪二年（1876 年），左宗棠在清廷塞防海防之争中胜辩，一路凯歌打到哈密，清廷急令他回京会商国事，他将部队交给部下刘锦棠。在刘锦棠带领下，正义之师势如破竹收复新疆大片国土。清光绪三年（1877 年）6 月 24 日，清军团团围住了乌鲁木齐，并在市郊六道湾山梁安装了一门红衣大炮，谁知只打了一炮，就轰坍了城墙，大炮却出现了故障，怎么也打不出第二发炮弹。炮营参将正气得要杀掉炮手，以泄雷霆之怒时，传令兵报刘锦棠，阿古柏听见炮响，抱头鼠窜，清军先头部队已凯旋进城了。刘锦棠兴奋不已，点名要奖炮手，炮营参将转怒为喜，将炮手领到刘锦棠跟前。刘锦棠左看看炮手，右看看炮手，确实有三分神气，就封了炮手为"一炮成功神炮手"的名号。六道湾这道山梁也就成了著名遗址。乌鲁木齐人民为纪念"一炮成功"事件，建土堡一座，底部直径为 12 米，高 9 米，门楣上镶嵌有一块石雕楷书"一炮成功"四字。据考证是刘锦棠亲笔所书，字有骨肉筋血，神气倍出，格高性灵，真可谓生机无限。看后顾盼神飞，不思离去。

　　土皇帝盛世才曾在此驻军，并将此处作为专门秘密杀害和平民主志士的刑场。人们又曾将这里叫做"老鸹菜梁子"。

　　近年人民政府落架重修，它是热爱和平的乌鲁木齐人民历史的见证。如今这里常有远客参观，游人绕梁，饱览历史遗迹的风采。

盐湖烽火台

盐湖烽火台位于乌鲁木齐市东南 64 千米处，在盐湖北岸的一座小山包上，当地人称烽火台为土墩子。据文物专家考证，此为唐朝天宝年间遗迹。

盐湖烽火台残高 6 米，顶部是正方形，底部是长方形，南北长 15 米，东西宽 14.5 米。建造的规模和式样，至今仍显现着一种大气和雄伟。

烽火台原地基就势挖掘做基础，红柳枝防潮层以土坯砌筑，中下部土坯纵向砌筑，上部横向砌筑，土坯尺寸为 38 厘米×22 厘米×12 厘米，和我们目前使用的简陋土木建筑土块相似，真如古话讲："世上过了多少年，砖瓦土坯总不变。"从目前出土的多处古代砖瓦土坯看，尺寸都是一致的，可见中华祖先设计的砖瓦土坯尺寸是符合建筑结构力学原理的。土坯有纯黄土和黄土夹芦苇两种，黄土夹芦苇的土坯比较结实，一般砌在纵切面上，墙体加固拉筋材料为红柳枝，下层每隔 39 厘米铺垫一层，上层每隔 52 厘米铺垫一层，最上层每隔 80 厘米铺垫一层，保证了墙体的牢固而又千年不倒。黄土、芦苇草、红柳枝这些建筑材料是就地取材。土坯、红柳枝、芦苇草至今有较大原碱性，符合当地盐碱大的地理环境。正是盐湖地区这种得天独厚的地域，土块泥巴经太阳一晒十分牢固，又加属干旱地区，降雨少，再加上烽火台远离水源在山包上，烽火台才得以基本完整地保存下来。虽经千年历史，烽火台依然雄姿不变，为乌鲁木齐人民增加了一处人文景观。

烽火台遇险报警，平时传信，紧急时烽烟传千里，和平时亲情报父母，为维护国家的统一、人民的团结作出了不可磨灭的贡献。

盐湖烽火台位于吐鲁番盆地和准噶尔盆地交通要道上，是了解唐代乌鲁木齐军事设施的一大名胜古迹，是集旅游性、地理性、历史性、科学性、知识性为一体的一处重要教育基地。

那比依岩画

◉ 文焱摄

那比依岩画位于乌鲁木齐县柴窝堡乡阿格巴依沟，在海拔2160~2200米之间。那比依岩画虽然深居山沟，却引起了中外旅游者和众多专家极大的兴趣和关注，认为它是了解乌鲁木齐市形成的一处极其重要的艺术遗迹。沟中刻在黑色岩石上的画多达几十幅，有一部分因石面不平或雕脉较浅，已经模糊难辨。那比依岩画主体是牧羊图、狩猎图、舞蹈图，画面的动物主要为羊、鹿、羚羊、盘羊等。

从模糊不清的印痕看，那比依岩画比较久远。学者考证，岩画中人物穿的服装，使用的箭、弓，舞蹈中一些动作，当属古匈奴人的牧羊岩画。从刻痕覆盖颗粒物化学测定看，是2200年前至2100年前的人类遗迹，由此可证明，是多民族人民共同开发创造了乌鲁木齐的昨天。

那比依岩画摇曳多姿，其中最典型的有三幅。一、牧羊图。一个小牧童放牧一群经过驯养的羊群。这里水草丰美，羊只姿态各异，有的低头吃草，有的静静伫立，有的就地打滚，有的追逐嬉戏。其中一只盘羊羊毛纤细流畅，体态活泼优美，画得飘然神似，使人观后忍不住击节赞叹。一位骑马的猎人，头带匈奴人的尖顶帽，与牧童隔河对话，脚下躺着猎物，高兴地诉说着打猎获胜的快乐，谈笑风生，跃然石上。牧童听后羡慕不已，喜形于色，溢于言表。

二、舞蹈图。一位舞蹈着的女子，束腰翘步，长裙飘然，双脚外撇，头向右侧，右手向上弯曲，握拳于耳边，左手叉于腰间。她身材苗条，舞姿优美，舞得一群北山羊都忍不住凝神静思，欣然忘食，仿佛动物也通灵欢悦。旁边又画了击掌庆贺的手，显得意蕴无际，发人幽思。

三、狩猎图。画面中有4人，一人四肢张开，拉弓射箭；一人威风凛凛右手提了一只猎物，高兴地向人展示；一人欢呼着，向着射中的猎物奔跑而去；一人手舞足蹈，欢庆他们狩猎归来。一群北山羊、盘羊、羚羊、鹿看到他们闻风丧胆，奔跑而去。

那比依岩画的艺术风格以写实为主，气势连贯，有飘动之感。说明岩画作者具备了一定的艺术功力，反映了当时游牧部落人民所能达到的艺术标准。岩画虽然以写实为主，但也不乏形象夸张，力争在广阔的游牧空间交融贯通。在当时的历史条件下，画出了自己民族的艺术位置。岩画通体使用阴刻凿悬，勾勒镂磨轮廓的手法进行创作，已经懂得了绘画的远近变化，可以看出岩画的作者经过了艰辛的艺术跋涉，带着思索走向了自己艺术的空间。

那比依岩画为研究乌鲁木齐居民的种属、族别、社会形态、经济状况以及生活习俗提供了极有价值的物证。

八路军办事处位于乌鲁木齐胜利路二巷路口。大院坐南朝北，办事处楼坐东向西。八路军办事处旧址是一座土木结构的二层小楼，青砖压檐砌腰，欧式铁皮漫坡屋顶，石灰石基础，土块墙体，红木地板楼梯，敞亮欧式大门窗，墙面底层为灰草泥，二层是石灰砂浆，整个建筑别致大方，又用料节约，设计者和施工者可谓独具匠心。楼顶东南侧建有一座亭台，建筑别致，又地处南梁高坡，可以看出主人建凉亭是为了俯瞰乌鲁木齐全城。原建筑面积为504平方米，占地面积1240平方米。

北楼建于民国二十二年（1933年），原是新疆塔城行政长官赵德寿的私宅，后被新疆军阀盛世才按不良财产予以没收。抗日战争时期（1937~1942年）为八路军驻新疆办事处，先后有陈云、滕代远、邓发、陈潭秋四任主任。5年内，新疆的八路军指战员在贯彻抗日民族统一战线政策、维护国家统一、保证国际大通道畅通、培养抗战建国人才、支援抗日前线、开发建设新疆等方面作出了应有的贡献。1942年盛世才看到德国法西斯进攻苏联得逞，公开逮捕了在新疆的八路军指战员，八路军驻新疆办事处随之关闭。

为了纪念八路军指战员于抗日战争时期在新疆的活动，1965年成立了"八路军驻新疆办事处纪念馆"，占地面积1539平方米，建筑面积902平方米。建馆后乌鲁木齐人民政府先后投资50多万元进行了维修。现在纪念馆收藏文物、文字资料1500多件，文献资料500余件。中华人民共和国原副主席董必武于1965年为该馆题写了馆名"八路军驻新疆办事处纪念馆"，镌刻在门壁花岗岩石匾上。字体苍劲有力，通灵神似。

该馆是了解乌鲁木齐深厚渊博的历史文化，感受新疆历史文化发展的一个精彩缩影，是新疆重要的爱国主义教育基地。该馆建馆37年来，接待中外观众和游客100多万人次。

八路军办事处

● 向京 摄

草尖上的城市

文化胜地

人民广场

● 向京摄

　　人民广场位于中山路东段，东西长250米，宽210米，总面积5.4公顷，是乌鲁木齐人民集会的中心和休憩的园地。

　　这里原有一处泉湖，泉湖旁有一荷花池。汉代曾在荷花池旁修建一座金满城的村镇，1887年在此出土"圣德"残碑（583~586年）一块，碑上是关于修建汉代金满城的记载。金满城在今新疆吉木萨尔县境内，汉代乌鲁木齐归金满城管辖。清光绪十三年（1887年）刘锦荣在此辟路建屋，中山路荷花巷来源由此。

　　辛亥革命后，杨增新担任新疆省长和督军，怕人才外流或来新人员说他的坏话，在此建"留仕巷"，不是威胁利诱留新人员做官，就是罗织罪名或杀或关。民国二十二年（1933年）荷花池填平，商人在此建二层楼，名良友照相馆。1935年盛世才以防空需要将楼拆除，1944年在这里建了个游艺场。1946年乌鲁木齐各族人民曾在此庆祝

新疆省政府和三区（伊犁、塔城、阿勒泰）革命政府和平谈判成功，取名"和平广场"，并在此设老人运动场一处，青年篮球场两处，儿童游戏场一处，属公众免费健身设施。

　　中华人民共和国成立后，1949年10月25日，新疆人民再次在此集会，庆祝新疆和平解放，并命名为"人民广场"。1955年铺设混凝土面层，在广场四周着手绿化，植树500株，栽种绿篱笆2000米。1963年铺沥青面层，1980年增设绿地花坛，1983年移植常青樟子松、红皮云杉及多种名贵灌木和花卉，安装绿地围栏和喷灌设施，1985年铺设高级沥青面层3万平方米，铺花砖7000平方米。

　　人民广场坐北朝南，雄踞乌鲁木齐市中心，东西南北都有两条路线交叉，广场平面呈正方形显得雄浑大方，广场中央矗立人民英雄纪念碑一座，极其庄严肃穆。

人民公园位于乌鲁木齐河西岸，俗称西公园。它北与西大桥相依傍，南与青少年宫相连，地形南北狭长，占地26公顷。它是新疆受欧洲文化影响，依照中国人民的风格，依大自然的地势建造的第一座公共娱乐设施。

人民公园原是一处林地，并有一块水洼地，宋代时，人称"海子"。元代丘处机路过此地，称它为"关湖"。清光绪十二年（1886年）将关湖加以修整，因湖水清澈如镜，改名鉴湖，一位去过西方的文人给它起名"鉴湖公园"。同年人们在湖中小岛上建湖心亭，湖右岸建龙王庙。

传说乌鲁木齐河龙王看上了一位美女，她就是达坂城的姑娘马玉花。马玉花年仅18岁，和未婚夫杨三哥已订婚。龙王趁杨三哥去口内拉骆驼时，多次向马玉花求婚，马玉花执意不肯，龙王一发怒，连淹乌鲁木齐3次。乌鲁木齐人民派出长老和龙王商量，龙王是非达坂城的马玉花不娶，长老又试探马玉花的口气，马玉花说："他是

神，我是人，人神共处没了自由和欢乐，让龙王死了这条心，我永远爱我的杨三哥。"乌鲁木齐人民十分同情马玉花，就为龙王建庙一座，每年办庙会，庆贺龙王发善心保护乌鲁木齐人民，并且经常进贡募捐。龙王看人心难求，也就作罢了。有时一想起美丽的达坂城姑娘，就发大水淹没乌鲁木齐。尽管人们年年拜龙王，但从1889年到1949年，前后10次发洪水淹没了乌鲁木齐，也淹没了公园。后来人们把乌鲁木齐河移走了，龙王没辙了。

辛亥革命后，新疆省长杨增新从内地聘请工匠修建了阅微草堂、丹凤朝阳阁、醉霞亭、晓春亭等亭台楼阁。民国十一年（1922年）各项工程竣工后改名为"同乐公园"。1933年盛世才执政后，改名为"迪化第一公园"。1944年张治中主政新疆后改名为"中山公园"。中华人民共和国成立后改名为"人民公园"。1981年建成南大门，1984年重建北大门，1985年建一座2000平方米温室花房，供游人参观。

◉ 文昊 摄

人民公园

新疆大学创建于 1924 年，是新疆历史上第一座高等学府。现有三万多名在校大学生，八千多名教职工，是新疆规模最大、门类学科最全、最具地方民族特色的全国重点大学。游览高等学府是当今旅游的一大热点，到乌鲁木齐参观新疆大学，不虚此行。

新疆大学位于乌鲁木齐，占地 300 万平方米，建筑面积 80 万平方米。校本部位于乌鲁木齐南梁，占地 85 万平方米，建筑面积 50 万平方米，还有市中心、花儿沟、南郊 3 个校区。如今的新疆大学，处处绿草如茵，花草飘香，松柏常青。各校区绿化覆盖率达 50% 以上。优美的育人环境，高品位的校园美景，绿荫、花坛、草坪、小林比比皆是；雕塑、喷泉、假山、憩亭点睛校园。

新疆大学标志性建筑是校本部主教学楼，建筑面积 8000 平方米，共有 10 层。主教学楼和校本部其他建筑呈现空间组合，三维结构使人产生了不同的自然美感。

新疆大学的名胜古迹是红大楼。既有欧洲建筑风格，又有汉族建筑特色，还有维吾尔族建筑特点，还掺杂了一些宗教的屋顶排架结构。尽管渊源是如此斑驳陆离，但秦砖的三一结构，还是保持了中华民族建筑式样。红大楼是新疆最高学府前身，新疆学院的第一座教学楼。

红大楼屋顶由铁皮制作，呈几何图形，是俄罗斯 20 世纪 20 年代建筑设计风格，在希腊、意大利还能看到它的影子。雨篷出檐 50 厘米，有利于保护整座大楼，檐头形成的外观突出了简练性和整体性，大楼为红砖，所以称红大楼。

红大楼为砖木结构，局部三层，平面狭长，占地面积 2224 平方米，两根方形门柱直通二层，显得雄伟高大。原有维、汉文"新疆学院"的字样。室内木板天棚，红漆地板，红木楼梯，走廊式对开门。由于墙体厚，自重大，墙身稳固性良好，木结构和墙体之间牢固稳定，具有浓郁的文化气息，取材多样，构思巧妙，是红大楼建筑设计的一大特色。

红大楼因年久失修，1996 年拆除，在此基础上修建了新疆大学大门。大门依照红大楼的颜色贴了同色瓷砖，并在大门两侧的门柱上首镂刻了红大楼的模型纹样，供人们参观纪念，使这座新疆最高学府更具历史文化的底蕴。

新 疆 大 学

◉ 向京摄

新疆维吾尔自治区图书馆

◉ 向京摄

新疆维吾尔自治区图书馆（简称新疆图书馆）位于北京路，总面积 24700 平方米，阅览席位 2500 个，藏书容量 300 万册，现有藏书百万余册。1986 年开工兴建，1999 年竣工并对读者开放。原国家主席江泽民亲笔题写了馆名"新疆维吾尔自治区图书馆"。

原新疆图书馆建于 1930 年 8 月，定名"新疆省立图书馆"，中华人民共和国成立后改名为"新疆人民图书馆"，1955 年 10 月更名为"新疆维吾尔自治区图书馆"。

新疆图书馆大楼为三层明亮玻璃幕窗式楼，砖混结构，大理石装饰内外墙面，整个建筑呈长方体，似一条卧龙在等待腾空跃起。大楼雄浑高雅，统一协调，配以大院的花草，有一种宁静高远之气。

图书馆大楼门厅为卷敞棚，高大明亮的玻璃大门，有走廊与四面相对称的三层阅览室相连，形成一个凹形建筑整体。每层阅览室前又有走廊，供读者小憩。地面和墙面均用大理石装饰，显得牢固而又结实，辉煌而又壮观。墙体阴阳角众多，仿佛给人智慧，楼梯踏步宽大，扶手铮亮。每个阅览室都是高层大窗，宽敞明亮，四面阅览室每层都对齐匀称，南北墙体搭配有致，新颖美观。相对新疆的古代建筑和近代建筑设计，其建筑工艺水平有重大的突破和发展。

新疆图书馆已形成了少数民族地方文献和新疆地方文献为特色的藏书体系。少数民族文献有维吾尔、哈萨克、蒙古、锡伯、柯尔克孜、乌孜别克等少数民族文献三十万余册。地方文献有史、志、图、表、传、记等二十余万册。还有俄、英、日、德外文文献十余万册。开设了报刊阅览室、古籍阅览室、少儿阅览室、电子阅览室等十多个窗口。

新疆维吾尔自治区博物馆位于乌鲁木齐市西北路 132 号。1953 年在丹凤朝阳阁开始筹备，始建于 1958 年，试用于 1959 年，迁入现址于 1962 年。该馆场地宽敞，环境幽雅，布局别致，进深合理，较为突出地体现了乌鲁木齐市独特的建筑风格。2004 年被乌鲁木齐市人民政府命名为"新十景"之一。

该馆占地 5.2 万平方米，建筑面积 1.73 万平方米，2000 年 9 月 30 日重修，2005 年 9 月 20 日竣工开馆。新馆立体建筑，平面"山势一字形"。中间部分三层，地上两层，地下一层。两翼及侧面展厅均为一层，展厅分为正厅、南厅、北厅 3 部分。砖混结构，顶梁钢筋混凝土现浇施工，屋顶为三油、三毡、绿豆砂缓坡圆形屋面。正门用 6 根圆柱和圆形扶壁组成门斗，门斗上用宽厚的檐墙组成，门斗两侧墙上的彩绘浮雕是富于祖国文化特色的"飞天"，门斗中部墙面用石膏花装饰。柱头和檐头用小尖拱和小圆拱的花饰。博物馆两侧门用 4 根圆柱组成门斗，柱头用双层小尖拱装饰，各展厅内的扶壁柱顶也全部用小尖拱装饰，高出一般檐墙。各展厅采用双面窗棂玻璃幕墙显象屏自然采光，显得宽敞明亮，内墙用纸筋灰抹面，外墙除门斗用麻达灰抹面外，一般墙面为水泥砂浆抹面刷涂料。

该馆是新疆综合性博物馆，是收藏新疆境内文物标本，进行科学研究，举办陈列展览，传播科学知识，促进中外文化交流的地方。该馆收藏的出土文物有石器、陶器、木器、铜器、铁器、棉、麻、毛、纺织品，还有文书、粮食、民族文物、民俗文物、革命文物、和平文物、中外交换的文物，藏品达 3 万余件。其中文化艺术品达 5000 余件。

新疆博物馆陈列文物用英、汉、维吾尔三种文字说明，历年来先后举办过新疆出土文物、新疆石窟艺术、新疆出土古尸等专题展览。目前馆内陈列展览有四部分，一是新疆民族民俗展，二是新疆千佛洞壁画，三是新疆历史文物陈列，四是千年古尸展。这些展览陈列的历史文物，反映新疆是个多民族的地方，新疆自古就是中国的一部分，新疆是中西陆路交通丝绸之路的要道，是中西文化交流之地。

博物馆自成立以来，接待中外观众二千多万人次。人们来博物馆感到这里能使人增长知识，增进智慧。

新疆维吾尔自治区博物馆

● 陈 峰 摄

42

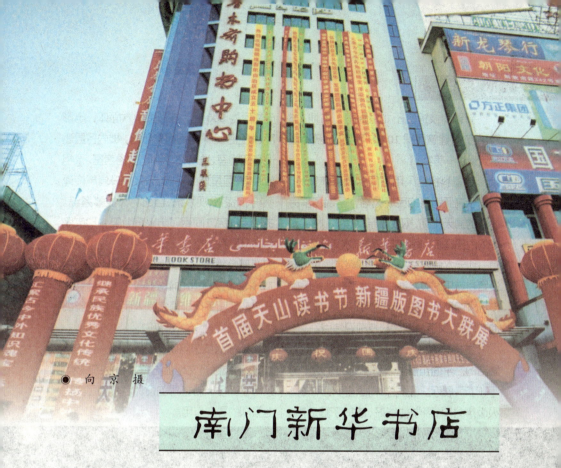

向京 摄

南门新华书店

南门新华书店位于南门花坛南侧，人民剧场西侧，坐南朝北，总面积 4000 平方米。

1953 年开工，1954 年竣工，是中华人民共和国成立后，新疆建设的第一座大型文化设施。

南门新华书店大楼根据地形、地势、朝向以及四周原有建筑环境等因素，将 1~4 层营业厅临街朝北布置，上面 8 层，多个单位的办公楼向东垂直搭建，并与后面的批发书店组成一个整体。底层两面即北面和东面落地窗景观，透光通风得到了很好的解决，使营业大厅各层楼通透进深合理。整个建筑群利用自然形成大楼体形，解决了雨淋曝晒问题，达到冬暖夏凉的目的。

整座大楼属于多功能，集办公、联商、售书为一体，大楼主体采用框剪结构，用简单的拐角形解决了朝向问题。大楼主体呈现功能的复杂性，成功运用大理石暗红色统一色调法。虽然整个大楼明暗对比强烈，却浑然一体又具有完整的动态造型，悬柱凸出，台阶抬高，拐角呈亮，大楼的造型利用遮阴物连续排列的墙柱，产生了完美的民族特色。

南门新华书店大楼进深设计采用"L"形，变化有致的书展厅，高低穿插的门厅，轻盈通透的大展厅，使整个建筑群体现了地方建筑特色，在传统的形式中注入新时代的血液。

43

新疆科技馆位于北京路南，占地1.6万平方米，建筑面积10119平方米，获新疆建筑设计一等奖。

新疆科技馆采用不同的几何体设计，突出了高低错落的民族风格，呈现了群房环绕的通天排列，构成了亲切宜人、朴实无华的内部庭院。庭院中花草流水巧于安排，有一种云水鱼跃，寸草春晖的感觉。入口处设置有音乐喷泉水池，继承了新疆各民族传统大门处理手法，造型新颖活泼，体现了地方特色，又适合现代科技前沿特点。

主楼高52米，地上11层为框架剪力墙结构。平面布置上公用部分的1层电影厅、门厅、展厅。二层学术报告厅使用了高级吸声材料，声学性能好，增加了舒适感。电影厅为500座，菱形截角六面体，电影厅、报告厅均采用钢网架结构。楼内各层还设有实验室、准备室、照相室、语言室、录相放映室、卫星地面接收站等，并设同声传译系统、闭路电视系统，自动防火报警系统。主楼与群房之间用了防火帘分隔，形成既分隔又联系的整体。主楼入口处采用不同的两部分组成，入口处3.45米，最高处为7.5米。进入主楼由低到高，使人视野突然开阔。地面采用维吾尔族人民喜爱的丝绸图案，有强烈的艺术感染力。

新疆科技馆用新疆人民喜闻乐见的手法，在科技建筑文化上进行了有益的探索，采用了许多标新立异的设计，起到了文化上强烈的导向作用。

新疆科技馆

国际大巴扎位于乌鲁木齐解放南路，二道桥商场对面。占地 4 万平方米，建筑面积 10 万平方米，主楼内有 5 万平方米商业区，3000 个铺面；1 万平方米临街商业区，500 个铺面。3000 平方米宴艺大剧院，3000 平方米小吃城，3000 平方米欢乐广场，3000 平方米休闲步行街，220 个停车位，55 部电梯，18 个出入口，7 座天幕灯。对外开放的大清真寺一座，露天大舞台一个，80 米高新疆第一观光塔一座。整体建筑有维吾尔、哈萨克、柯尔克孜等新疆多民族的建筑风格，外墙由黄红砖砌筑，加以磨砖对缝和现代工艺处理，具音乐、舞蹈、美术的风韵。它既有中华民族横平竖直建筑艺术手法，又涵盖了新疆各民族人民立马

架拱的建筑语汇；既重现了伊斯兰建筑文化的功能性，又再现了丝绸之路建筑文化的精华；它是中国古建筑文化的历史见证，又是世界人民建筑智慧的大融合。

国际大巴扎，2002 年 4 月 6 日由新疆宏景集团和香港兰德公司投资 5 亿元规划，2002 年 4 月 28 日开工奠基，2003 年 6 月 26 日竣工。计划实施，批地拆迁，投资兴建，设计施工之快，集中体现了中国西部大开发的速度。在建设过程中，学者专家献计献策，规划设计开门揽客，得到了世界人民的关心和支持，保证了国际大巴扎第一流的建筑质量。因其所处的环境和造型布局要求既要和商业网建筑融为一体，又要适合新疆人民的商业活动，建筑物不能太高，

国际大巴扎

● 晏先 摄

45

因此主体建筑大部分为3层。平面布局上以矩形特色为主，建筑艺术特色上又以拐弯形为基点，整个设计注入了新疆维吾尔人民的传统乡土形式，贯穿了各民族时代的血脉，使用方便，又体现了各族人民自然和美的精神。

"巴扎"是维吾尔语"集市"的意思，国际大巴扎既有美国的电视机，也有日本的音响；既有法国的服装，也有英国的首饰；既有俄罗斯的皮货，又有中国的百货；还有和田的玉器地毯，喀什的艾得莱斯绸，英吉沙的小刀，刀郎乐器等。全世界全中国全新疆几万种货物都汇聚在此。商业网分内外两院，外院为购物活动后休息场地，配以花坛雕塑，建有水池小亭、葡萄架和喷泉。花坛明暗对比强烈，却又浑然一体，具有完整的休闲功用。雕塑高低错落，特征明显又给商业形象留下了伏笔，让顾客去想象和思考。水池给顾客活跃了气氛，仿佛又给乌鲁木齐一丝生气。小亭紧凑新颖，形成了一种大度中的小巧玲珑，凸凹切割造型之美，有一种庄重感，体现了一种新时代商业建筑的重塑感。喷泉和整个建筑一动一静相映成趣，全部建筑活泼生动。

国际大巴扎主楼设于球形的天穹内，是一个多功能商业大厅。大厅钢铁屋架给人以安全感，四面出口宽13米，高9米，进深14米，设有升降式音乐观赏电梯两部。

向京 摄

新疆体育中心

新疆体育中心位于北京路北部东端，由体育馆、体育场、综合训练馆三部分组成。三座建筑轴线布局互相衔接，错落有致，浑然一体，极为壮观。新疆体育中心2001年动工修建，2005年底竣工，建筑面积15万平方米，是乌鲁木齐最为亮丽的景点之一。

体育馆4.5万平方米，屋顶外部呈圆拱形，造型像一朵盛开的莲花，13朵花瓣象征着新疆各族人民和睦安宁的生活。地下一层是健身房，地上三层。一层比赛场，正面为记分室，两侧为观礼台，由于观众台坡度较大，底部较高，所以利用下部为辅助用房，下弦杆明露，便将升降灯装在下弦上，不仅解决了灯装饰之间的矛盾而且装饰了下弦。无需利用进深度，便使室内空间增大。它是新疆维吾尔自治区第一个建成的大型比赛场馆，整个建筑空间开阔，曲线优美，结构坚固而庄严肃穆。比赛场面积540平方米，开放式环形道，最大净高30米，最小净高8米。可进行体操、摔跤、武术、排球、篮球等比赛；又是一个国际会议中心，有各种大中小会议室；又可以举行文艺演出、群众集会、各种展览等；又是运动员、裁判员、记者、贵宾、医疗、竞赛管理、反兴奋剂中心用房。前有大门，侧有小门，十分方便。二层是观众席，可容纳7000人。设安全门21扇，进行大人流疏散。三层是贵宾包厢，17间，204个席位。还有电子大屏幕、评论员专席和新闻发布中心。

体育场建筑面积7.5万平方米，外观呈椭圆形，民族风格独特，地域设计新颖。可容纳4万观众欣赏体育比赛，是新疆最大的体育场。环形钢桁罩棚，3500平方米罩棚覆盖全部的观众席，有1.5米的空间环形马道，集照明、摄影、音响于一体。跑道内有田径和足球场，足球场地种植草坪，四周看台系统全浇钢筋混凝土结构，地垅墙弦制看台板，基础无粘结单纯混凝土应力结构，比赛场施工复杂，技术要求高，基础种类繁多，有桩基、条基、围基等，就如同一个建筑技术博览会，就是建筑专家在施工中也常常惊奇，为新疆建筑文化打下了深厚的功底。外围设计分6层，一层有运动员区、竞赛管理区、新闻区、贵宾区。二层为观众休息，集散、竞赛屏幕显示区。三层为贵宾包厢观摩区。四层为办公管理区。五层为运动员、裁判员、贵宾食宿客房。六层为空中花园和中央空调用房。巧妙的规划，一流的设计，再现了古今体育设施新的风韵。

综合训练馆建筑面积3万平方米，长方形外观，钢桁结构，甲乙丙三段跨门式钢架，分3个不同的练习场地，可进行篮球、排球等体育活动。乙段为生活区，有沐浴池、更衣室等。丙段为天井，也有3个练习场地，为环式大空间练习场。训练馆外塑胶跑道可做长短跑练习，可同时进行铅球、铁饼等十几项活动。

新疆体育中心占地面积30万平方米，三大体育设施错落有致、极为壮观。建筑结构相连，显得雄劲有力。各个场馆千姿百态，施工工艺精湛，立体感强，是新疆建筑文化艺术的珍品。

人民剧场位于南门广场东侧，人民路南侧，坐东朝西，占地面积18400平方米，建筑面积9281平方米，于1955年动工修建，1956年建成，是中华人民共和国成立后，毛泽东、周恩来亲自批准，乌鲁木齐修建的第一座大型文艺设施。

人民剧场外形雄浑大度，装饰别具一格。大门两侧有8米高一男一女民族舞雕塑，男的是一个维吾尔族小伙子，活泼调皮，诙谐风趣。女的是达坂城的姑娘，美丽漂亮，典雅大方，手舞足蹈在欢迎每一个来人。门头高16米，宽28米，四柱扎棋正中，斗拱上檐，柱上饰如意纹、宝相纹、乖俏纹，大门为四门八扇，整个前墙为砂浆打底层，彩石装饰五色面层，充满艺术气息。屋内为现浇混凝架构，屋面三油三毡，上覆绿豆砂。

剧场进厅为3层，八角回廊，并有穹窿式图形屋顶。正中24米见方三面带环形座包厢式观众厅，设1000个座位。两侧有宽大的休息室、娱乐室、衣帽间，舞台能容200多人同时登场演出。舞台10米高，36米宽，38米长，前有乐池，后有幕帘挂壁，两侧有侍演室。舞台造型

气势恢宏，层次分明，高低错落，布局严谨。

化装室、服装室、道具室、大厅走廊均用彩石装饰。正面采用圆柱廊檐，屋顶采用100米跨度的钢梁，梁呈驼峰结构，钢支撑呈山体结构，同梁搭牵，梁枋拱出，整个梁架显得威风八面极为生动。人民剧场从整体布局、立面造型、结构构造、建筑艺术、装饰装修等方面都体现了民族特色，显示了多种殿堂文化之风。

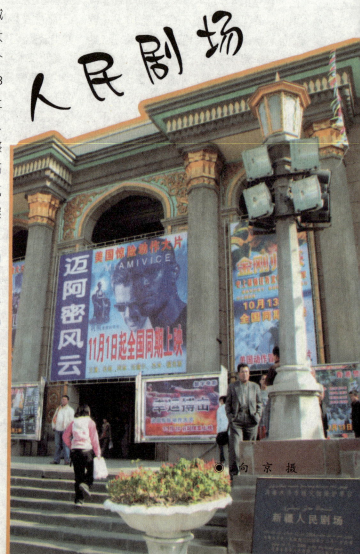

● 向京 摄

文 昊 摄

新疆维吾尔医医院

　　新疆维吾尔医医院位于乌鲁木齐市延安路中段南侧，主楼4层，建筑面积3900平方米，有200张床位，1976年开工，1977年竣工，获国家建筑设计二等奖。

　　主楼平面布置与已建的门诊楼前后错位，充分利用地形，抛开了医学建造中三字型平面，使两者既错落有致，又有发展空间。门诊楼在突出门庭处用外廊与之相连，造型富于变化。单面和多面呈井字形，主楼与挂号厅自然形成一块空间，供患者舒缓紧张的心情，主楼梯采用缓坡，使病人上下感觉舒适。

　　楼房砖混结构，主楼没有构造柱与圈梁，以利防震。四楼主楼与各层交接处，设沉降缝一道，基础采用振动灌注桩。门庭南侧楼梯与病房相隔，成为凸凹独立的楼梯间。正面为实墙，饰以蓝色的图案，图案有二方连续、四方连续，有宝相纹、云头纹、娜仁花、太阳花等，整个图案点缀了景物，增加民族风情，使人有耳目一新之感。

　　顶部用圆形穹窿屋顶，显得庄严挺拔，扶壁柱顶用少数民族喜爱的图案石膏装饰，大厅以小水磨石地面做成和田地毯图案。外连廊及檐廊均用连结尖拱组成，屋顶有专治白癜风的日光场。看病路线高低错落穿插多变，能使患者容易辨认就医通道。

　　维吾尔医医院整体建筑感觉和谐得体，既融入现代建筑直线和折线，避免了平直单调，又体现了民族传统的立面丰富的特点。

新疆伊斯兰教经学院

宋士敬 摄

　　新疆伊斯兰教经学院建筑面积4500平方米,1985年开工,1986年竣工。设计布局合理,既富于民族特征,又有宗教色彩和地方特点;既新颖不落俗套,又显得典雅古朴,是乌鲁木齐一座典型的代表性建筑,深得中外专家及游客称赞。

　　大楼右边为食堂会议厅,左边按伊斯兰教宗教仪式布局,修建有浴室和清真寺,并用蘑菇亭连廊与主楼分开,组成大小不同的庭院。大楼几个连廊在其周围,反映维吾尔族宗教生活的基调。整个建筑朴素大方,与周围环境和谐。

　　主楼为3层,局部4层,清真寺、浴室为1层,食堂为2层,砖混结构。由于各部层高不同,前后左右形成一组高低错落层次分明的建筑群。主楼入口处用台阶直通第二层,二层进厅贯穿三层直通穹顶,并用两层回廊相连。回廊上采用伊斯兰教建筑风格,结合现代建筑的变形夸张,连续使用大小不同的圆拱穹隆顶和角柱,在每个角柱上穹顶则竖弯,具有浓郁的维吾尔族建筑的风韵,又用地方特色重点装修主楼二层接待室和进厅。各种民族花饰、几何花纹显得富丽庄重而又精巧美丽。地面用民族花纹大理石抛光,墙壁用民族壁画装修。这座民族建筑被外来游客称为新疆宗教建筑的窗口。自建成以来,深得国内外人士好评,被评为国家优秀建筑设计二等奖。

大银行位于乌鲁木齐解放北路与明德路丁字路口东北侧，百步之外毗连南门，向北300米外与乌鲁木齐人民广场接壤，西边和酒花大酒店相接，东边和人民剧场遥遥相对。大银行坐落在乌鲁木齐的轴心点上，可谓四路通金，八道连银，不愧是新疆政治、经济、文化的中心。

大银行不仅是新疆金融的摇篮，更重要的还是世界著名的和平大厦。1949年12月18日10时，和平司令彭德怀、张治中、王震和新疆和平主席包尔汉、屈武、和平老人马良骏在这座大厦前，共同发出了新疆人民永远保卫世界和平与人类和平的宣言，并进行了阅兵式。这一划时代的壮举，永远载入了历史史册。2003年4月18日乌鲁木齐人民将其定为国家重点历史文物保护单位。2005年4月18日又被评为乌鲁木齐"新十景"之一。

相传早年这里是一块山间盆地，四周都是天然森林，有直上直下的山间捷径，人们拾级而上可北达博格达峰，南到托木尔峰，四通八达的小道两旁鲜花遍地，绿荫掩映，中间神雾缭绕，灵气四现。1755年有人称其地为聚宝盆。乌鲁木齐刚刚建市时，风水先生几句玩话被德国人贝尔当了真，他立即在此建立了一座银座钱庄。由此乌鲁木齐人就叫这块地方为"金银地"或"宝贝地"了。随着历史的变革，在清光绪年间贝尔后人家道中落，将其卖给新疆政府。到了民国三十二年（1943年），其地建为新疆省银行，中华人民共和国成立后，改名为新疆人民银行，后又成为新疆商业银行、新疆工商银行的所在地，现保存完好。

大银行砖混结构，铁皮屋顶，凹槽天沟，不锈钢四角翘檐，高为15米，使这座新疆近代有名的建筑越发显得质朴雄浑。其高大的塔斯康大理石柱装饰门廊，中间伊斯兰半圆风格长方形的大窗户，西南部营业部大门建了20级哥特式宽台阶，临街的西墙和南墙之间凹进式中华随墙的建筑模式。在上下两层又用了二方连续的大手笔的简洁处理，使得卷筒式和长筒式的壁柱风云际会，真可谓壮物极佳之景。

大银行四街汽车飞奔，人们熙来攘往，其造型装饰独特，民族风情浓郁，形成乌鲁木齐一片诱人的景观。大银行地面两层为营业办公之用，地下一层为花岗石特种钢金库，建筑面积5895平方米，整个建筑仔细观看之后，不由得心中就显现出来宝廷罩盖、宝影连环、托宝相叠、成宝渐推、凸现亮宝、凹藏金宝的美感，好一副大银行大聚宝的气派。

聚宝盆——大银行

◉ 向京 摄

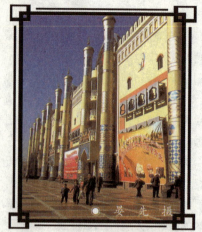

◎晏先 摄

新疆民街

　　新疆民街又称新疆民族风情一条街，坐落于乌鲁木齐解放南路，全长 2.5 千米，有"五里长街"之称。这条街是世界了解新疆、感受新疆的窗口，有最为完整的新疆民俗景观和历史景观，是新疆首府乌鲁木齐市城市建设的一个缩影。

　　新疆民街有星罗棋布的名胜古迹和旅游胜地。北有汗腾格里寺、南门广场、人民剧场、新疆人民出版社；正街上有山西巷、二道桥市场、国际大巴扎、塔塔尔寺、新疆歌舞团(原苏联驻华领事馆)等。

　　新疆民街建于清乾隆二十年(1755年)，是乌鲁木齐建筑史上第一条城市道路，又称南关土城街，有一堡、一垒、一土城之说。所谓"堡"，就是当时街上的财神庙，建的颇似一座土堡；所谓一垒就是马王庙；所谓一土城就是迪化老屯城，此城是清军平定新疆内乱后，为恢复地方秩序，巩固和平稳定的成果，实行屯垦与对外贸易的需

要而建的。规模虽小，五商俱全，塔城的黄金、和田的玉器、吐鲁番的水果、乌什的畜产品都集于此街贸易，成为新疆早期茶马、丝绸、陶器、家俱等商品的重要交易集市。

　　此街建成后，庙宇寺院相继而立。根据所建方位和具体年代，详尽记载有关帝庙、马王庙、老君庙、药王庙、财神楼、天主宫、五圣宫、西宁寺、东坊寺、观音庙、耶和教堂、陕西老坊寺、南门清真大寺、肃州寺等。今庙宇已毁，寺堂犹存。清光绪十二年(1886年)迪化扩建后，城墙拆除，形成较为平直的街道。民国二十九年(1940年)拓宽马路时，财神庙被拆除。两百多年来，这里不失为新疆最繁华的商业区和最为典型的民族民俗风情区。

　　这条新疆各族人民心中古老的民俗风情古街，犹如在商山贸岭中新的崛起，仿佛又一次在市潮商海中腾飞跃起。古代的传统服装涌动着时代的春潮，古老的风味小吃和中国佳肴点缀着西餐及日本韩国料理，各种新疆传统建筑和而不同地展现世界上四大文明现代化商厦的特色。道路从6 米拓宽至 20 米，12 米的四车道，8 米的人行道，使这条古老的民街爆发了青春的活力，全部铺筑了沥青路面，从南门至塔塔尔寺路段平平整整，已不见昔日的半点土坎，塔塔尔寺前虽有一个小坡儿，但汽车道已相对平缓，尽量去掉了壁立陡坡道路的大忌，就是人行道也由拾级而上改为顺势而上，使每一处小小路段都体现着人性化，成了一条名副其实的民街。

草尖上的城市

特色饮食

花馕

花馕是乌鲁木齐五一小吃一条街艾则孜师傅于 2000 年独创的一种新馕品种，它刚出世就吃香了全新疆。

花馕又叫面包馕，它外开六个角花，中部鼓起如面包，不仅外形似面包，就是口感也似面包，因为它加了白糖（或冰糖）、面包精粉烤制而成。它外皮酥软，内膜泡渲，再加上棕黄闪亮的烤色，喷香四溢的芝麻，花彩喜人的六角外形，闻着食欲来，吃着甜润香。

细问艾则孜师傅，怎么突发奇想创造出它来？他说："人们认为馕都是咸的、发酵的、无花的，我就试了一下，制成有花的、甜的、泡渲的。"果不其然，花馕一上市就受到乌鲁木齐人民的欢迎。

据医学动物实验证明，馕含有益于人体的各种氨基酸、维生素、蛋白质、脂肪等，有健胃消食，治疗消化不良、腹胀、含滞、胃脘失调的功能，中医称之为"甘饼"，是治胃病的一味中药。这就是维吾尔族人看胃病特别少的原因。据报道，这与他们吃馕的习俗有关系，其他民族有点小胃病，吃几天馕就好了。

除了艾则孜师傅创造的花馕以外，馕的种类众多。有直径 50 厘米的大圆托盘大馕，有直经 4~5 厘米如小孩碗似的小馕，有 20 厘米盘似的中号馕，窝窝头一样的窝窝馕，汉族贴饼似的实心玉米面馕，宝塔形的塔馕，中间包肉四边如饼的肉馕，椭圆形的长馕，馒头一般的馒头馕；按原料分，有清油馕、鸡蛋馕、牛奶馕、酥油馕，还有一种草籽馕，这种馕更是色香味美，放在家中一个月不坏，而且房中芳香溢人。

● 文昊摄

54

三叶饼 挑油塔子

● 张永禄 摄

乌鲁木齐回族人的主食，主要是面食，其花样独特，种类繁多，堪称边城一绝。馍类有塔馍、酥馍、烘馍、花卷、糖酥馍、油酥馍，以及各种各样的蒸馍；炸食类有油香、油条、麻花、馓子；面条类、包子类就有几十种。回族人有"面食家"之称。回族妇女大多是掌厨挥勺的一把好手。回族有谚语：教到的姑娘揉到的面，才能出嫁不饿饭。回族姑娘在出嫁前，都要在家接受母亲的严格训练，成为邻里百舍称道的好姑娘，成家立业后成为婆家能干的好媳妇。

清代乌鲁木齐最有名的回族面食是"三叶饼"。三叶饼是当年回族人贾世俊及其子贾善平所开"老虎馆子"的拿手看家面食。三叶饼选料精细，做工精巧，烤制精到。要选当时叫得响的红面（七五面）做原料。首先将白面发酵，提前醒好，揉上几十道放在案上。再和死面，也揉上几十道。然后将发面擀成皮，将油和调料抹在发面上，再擀好死面皮两层，将两层死面皮包上发面皮，然后将三层饼提、合、揉、擀到一起，拿到火炉上细火烤制，反复翻跳3次，三叶饼油黄酥脆，香气扑人，使人食欲一下子就冲上来了。再加五花腊羊肉，夹入三叶饼双层之中，乌鲁木齐人当时高兴地称三叶饼是"喜格赛饼"。

乌鲁木齐市民国年间卖油塔子的不少，但人们叫"挑油塔子"的只有一家，它就是原乌鲁木齐西大桥（现中山路伊斯兰饭店址）祁风鸣师傅的回族小饭馆。饭馆虽小，名气很大。早晨供应挑油塔子，到9点钟去，已经卖完。据说每天蒸50笼，都早早卖完，一个不剩，是当时乌鲁木齐的一大热点。祁师傅的油塔子直径约5厘米，厚约3厘米，圆形小塔状，外形美观，油光闪亮，一看就使人食欲大增。别看它小巧玲珑，制作却不简单，要选精面七五面做原料，一般都是从500千米外的焉耆运来。制作时提前8个小时发面，等面发好后，揉10道后用棒槌打上几十下，再醒上1个小时，然后做成2毫米厚，2厘米宽，70厘米的长条带，抹上油、调料，再一卷又一卷地盘成宝塔状，放在笼内蒸半小时即成。吃这种油塔子时，手不能拿着吃，只能用筷子挑着吃，所以当时乌鲁木齐人称它为"挑油塔子"，它这别致精到的一挑使它名闻乌鲁木齐几十年。

几块羊肉，两个油塔子，一杯红茶，吃喝之中真似神仙一般，尤其那不要钱的一杯茶又别有风味。乌鲁木齐回族人喜喝茶，主要喝获茶（红茶），但也喝绿茶、果茶、蜜茶、糖茶、冰糖茶、八泡台茶。杏仁、葡萄干、桂圆、果脯、红枣、枸杞、蜂蜜、茶叶"精八样"，称为"八泡台茶"，只有最尊贵的客人才能喝这种名贵的茶。回族人泡茶时要用牡丹花水（开水），要叫客人看到开水，喝了回族人的茶，能明目提神治感冒，所以乌鲁木齐回族饭馆很兴旺。

拉条子 薄皮包子

维吾尔族人的主食主要是面米食品。面食中以馕、拉条子和薄皮包子为主，米食中以米饭和抓饭为主。

清代嘉庆初年，乌鲁木齐市西大桥附近有一家著名的拉条子面馆，名叫"热合曼精面馆"。面馆的牌匾写有维吾尔、汉和满三种文字，无论汉字、满字、维吾尔字都写得很地道，拉条子也做得地道，一时顾客盈门。热合曼是和田人，13岁要饭到了托克逊，拉面饭馆阿不都师傅收留他做学徒，跟着学了13年。他不仅学会了拉面，还学会了做人和经商。阿不都师傅临终前将铺面传给了他。他认为托克逊发展空间太小，就来到乌鲁木齐开起了拉面馆。他做拉面，要提前5小时和好面，和面加清油、鸡蛋、盐等，然后做成一条条抹油的面剂子，到下锅时轻轻拉起，即成了扯不断的拉条子。他拉的面粗细一致才掐断下锅，然后开水锅中滚上8个滚，捞入凉水中，客人吃着滑溜爽口，余味无尽。再加上他炒的菜味道鲜美，

具有维吾尔族人的特色，肉块均在15块以上。他诚信经商的作风，获得乌鲁木齐人的好评，一时生意火爆。几十年后他的几个儿子先后在托克逊、伊犁、喀什、和田开了5家热合曼拉面馆，热合曼拉面从乌鲁木齐传向了新疆。嘉庆皇帝听说此事后，召热合曼进京，专门为他做了几年拉条子。嘉庆皇帝死后，他回到乌鲁木齐又开了两家热合曼饭馆，宏扬维吾尔族人的饮食文化。至今他的子孙遍及全疆拉面馆。

民国年间乌鲁木齐南关西南（现乌鲁木齐市乐器厂一带）有一个喀什人，叫阿比孜毛拉，他开了一家饭馆，专卖薄皮包子和抓饭。他做的薄皮包子风味独特，价廉物美，在当时的乌鲁木齐十分红火。

阿比孜毛拉的薄皮包子，皮擀得很薄，薄得可以看到里边的馅。里边的馅由羊肉丁、羊尾油丁、洋葱、孜然粉、胡椒粉、精盐和少量的水拌成。羊肉味美，羊油溢香，洋葱发鲜，孜然调味，胡椒去腻，几种馅料加在一起，好上加好，锦上添花，再加上做工地道，不破皮，不漏馅，皮薄馅多，吃一口一兜肉，格外爽口，受到很多顾客的青睐，成为当时乌鲁木齐人们打牙祭的好去处。

来到乌鲁木齐有三说，恩顺居的包子不可不尝，挑油塔子不可不用，拉条子和薄皮包子不可不吃。

烤羊肉串

● 向 京 摄

新疆维吾尔族民间传统的烤肉串,既是街头的风味快餐,又是可以上席待客的美味佳肴。正宗的烤羊肉串也和烤全羊一样色泽焦黄油亮,味道微辣中带着鲜香,不腻不膻,肉嫩可口。烤羊肉串用料的讲究不似烤全羊那样严格,二者的区别在于烤制规模的大小和具体方法上。

烤羊肉串,首先将净肉剔下来切成薄片,每一片有瘦有肥最好。然后将它们肥瘦搭配,一一穿在铁扦子上。过去,做烤羊肉串用的扦子都是用红柳的细条截削而成的木扦。现在,这种原始的木扦不容易看到了。把肉穿好之后,便将它们疏密均匀地排放在燃着无烟煤的槽形铁皮烤肉炉子上,一边扇风烘烤,一边撒上精盐、孜然和辣椒面,上下翻烤数分钟即可食用。

近年来,在乌鲁木齐二道桥市场等地出现了烤羊肉串的另一种形式,民间称它为"米特尔喀瓦普",意为"1米长的烤肉串"。这种烤肉串确实名副其实,扦子足有70~80厘米长,肉块儿也大,立在馕坑里烘

烤,一次可烤出十几串,味道鲜嫩可口,吃起来更为过瘾,因为这一大串足顶那小的7~8串烤肉。所谓炒烤肉,就是用上述那些调料用锅炒出来的羊肉片。

更为有趣、难得一尝的要数"肚子烤肉"。何谓"肚子烤肉"呢?就是把羊肚子洗净后,把羊肉剔下来塞进肚子里,再倒进些盐水把肉块拌匀,然后把口系牢,埋进用篝火烧热的沙子里烤熟的肉。烧烤的只是那肚子,肚子在这里真正成了"饭锅子"。人们尝了这种烤肉后都赞不绝口,说只有吃到这种肉时,才能享受到羊肉特有的、天然的鲜嫩香味,那独特的滋味是任何其他方法烹制而成的肉食无法替代的,或许,这是最原始、传之最久远的食俗之一吧!

● 晏 先 摄

羊羔肉

● 晏 先 摄

乌鲁木齐的维吾尔族、哈萨克族、蒙古族喜欢煮羊羔肉和烤羊羔肉来招待尊贵的客人。

羊羔在维吾尔族人看来，吃了它就会善良、温存、真诚，它是所有动物中最平和的。哈萨克族人、蒙古族人看羊羔是天真正直的化身，是春天的希冀，吃了它人就像大地一般忠诚，就像天堂一般富有希望，人们可以敞开心扉。

煮羊羔肉首先选一只两岁的小羊，宰后下入大锅中，只放盐，不放其他作料。煮时浅去上边的泡浮物，煮开锅之后，温火细煮半小时即成，肉鲜味美，使你胃口大开。为什么不放其他作料？是要保持新疆羊羔特有的鲜美，不信你可以一试。如果放入一点味精或鸡精或是其他作料，就失去新疆羊羔的鲜味，本来能吃一斤的，你连半斤也吃不了，这真是新疆煮羊羔肉的一大绝、一大怪。

烤制是最古老的人类走向文明的标志。新疆少数民族认为烤制品具有进化、创造、探索的特征，是人类智慧的表现。烤羊羔选择的是 1~2 岁的羊羔，宰杀后，去蹄、内脏、皮毛，然后用盐水、鸡蛋、孜然、淀粉、姜黄、胡椒、味精调成糊状，均匀抹在羊全身，用铁丝或钉有铁钉的木棍，将羊串好，并支撑起腹部，放在烤馕坑内，盖严坑口先烤 20 分钟，然后每隔 5 分钟翻动一次，焖烤 1 小时左右。在烤制过程中要随时注意调整烤熟的地方和烤得不够熟的地方，要看好成色，注意火候，随时调整。快出馕坑时洒上点盐水，再把盐水烤干，出坑即成。现在乌鲁木齐人已不用馕坑烤羊羔而是用电烤箱了，请你吃智慧的烤羊羔吧，吃了它你就会变成白马王子或白雪公主，你就会永远保持年轻和美丽。

马奶酒

马奶酒是乌鲁木齐的哈萨克族人、蒙古族人招待客人必备的饮料。他们认为这是一个民族的琼浆玉液，是上苍赠给一个民族的极乐灵魂，创造了牧马人的爱情欲望和快乐。如果请你喝马奶酒，是一种友好，一种尊重，一种信任。他们一般在举行婚礼、节庆、转场、走亲访友时才喝马奶酒。当尊贵的客人来到他们的毡房，他们会唱一支热情的歌儿。

你是高山已经站在我们的毡房，

你是清泉已经流到我们的心中，

用一个民族的琼浆玉液招待你，

请你喝下这杯马奶酒。

为了表示这杯马奶酒洁净无比，他们首先自己喝一口再让你喝下。客人要以奶酒回敬主人，让在坐的每人都呷上一口，表示对主人的理解和深深的谢意。一切不言都在酒中，主人和客人像亲兄弟同饮一杯酒，成了一家人。

马奶酒的酒精度数一般仅 3~5 度，对肺病、肺结核、胃病、胃溃疡有滋补作用。孩子一出生，祖父或父亲就给他制作一个 10 斤或 20 斤的皮囊，这是祖传一生的财富。皮囊结实美观，滴水不漏。马奶在皮囊里汽干两天后，再放进酒曲，置于保温处发酵。每天搅动两三次，或摇晃几次，使多余的水汽从皮囊里跑出来，十几天以后水分脱干，就是醇香的马奶酒，喝一口连乌鲁木齐都醉了。

不过马奶酒绝不会醉人，就是连喝十碗八碗也不会上头伤胃，不会呕吐出丑。而且越喝越想喝，直到你陶然入睡，手握酒碗还想喝。如果还想喝，蒙古族主人和哈萨克族主人会拿出一桶或一盆马奶酒陪你喝，喝得越多，他们越高兴。他们认为这是将友谊留在了他们的毡房里，给了他们千般的荣耀，他们仿佛如羔羊一般的快乐。

艾昊 摄

59

七彩粉汤

七彩粉汤是乌鲁木齐回族人制作的一种特色美味,主料是凉粉。吃这种粉汤,既开胃又有营养还能美容。

凉粉是用纯黄豆粉或绿豆粉做成,白色透亮,切成2立方厘米的小方丁,放入蘑菇木耳羊肉汤内煮沸,要多煮几个滚,使羊肉、蘑菇的鲜味浸入凉粉内部,有"千滚子豆腐万滚子粉"之说。煮得剩下七成汤时,将切好的辣椒丝、葱黄或韭菜丝、菠菜丝、白菜丝、海菜丝、黄萝卜丝放入锅中,搅几下,关掉火,盛出入桌,请客人一尝,真是色香味俱佳。人们说:"吃肉吃欢,喝汤喝鲜",是说吃肉的人会吃出乐来,喝汤的人能喝出美来。

回族姑娘出嫁后,要取得上炕的裁缝、下炕的厨师才算是好媳妇。可以这样说,回族妇女个个都是烹调的一把好手。传说七彩粉汤就是出自乌鲁木齐的一个好媳妇之手。她公公是哑巴,婆婆瞎眼,丈夫是拐子,家里地里她一人忙活。公公病了想吃碗可口的粉汤,她一连做了七七四十九天,公公只吃一半就不吃了。婆婆说她心不诚,丈夫说她人不忠。一天她在地里拾掇各色菜,突发奇想回来做了七彩粉汤,端给公公吃,公公连吃了3碗,瞎子婆婆直喊快给她盛一碗,丈夫也端给全村人去尝,左邻右舍的人都说好吃,从此这种七彩粉汤就传遍了乌鲁木齐。

七彩粉汤亮晶晶的凉粉,香喷喷的菜汤,再加上欢乐闪亮的金色,激情无限的红色,春夏生机的绿色,洁白典雅的白色,庄重思索的黑色,富丽鲜嫩的橙色,和谐理想的紫色。使吃的人胃口顿开,嗅的人食欲即来,听的人馋思难耐。

● 向京摄

60

草尖上的城市

流行工艺

玉雕石刻

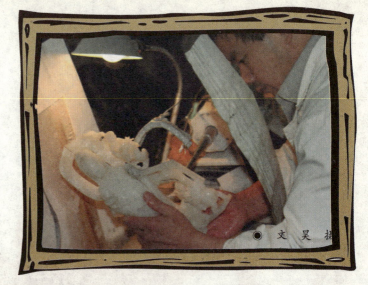

● 文昊摄

清末乌鲁木齐,且末艺人买买提·依明师傅在和田街开了一个十几平方米的小店铺,除了卖小件玉器外,主要是对外来货雕玉器。

当时有不少维吾尔族人和哈萨克族人前来雕手镯,刻宝石,镂耳环,锲头饰,还有不少汉族人、满族人、蒙古族人也来这儿镂刻瓶素(瓶、硫、杯、炉、文具、玉器、雕刻界总称)、装饰配件等。来雕玉器的客户,小件玉器是买买提师傅供应原料,大件贵重的玉器一般都是客人送来,进行来料加工。

买买提师傅的手艺的确不凡。几刀上旋刀,就脱尽浮石;几刀下琢刀,就秀劲绝伦;一个深凿就别有洞天,三下轻磨就手润成貌。买买提师傅雕琢时不慌不忙,精神百倍,大处轻琢细雕,小处慎镂谨刻,深处精诚透尽,浅处慢刀缓提。买买提仅刻刀就有几十把,凿子就有十几柄,还有雕玉斧、镂玉锤、锲玉钳、磨玉刨。他刻的花鸟虫鱼光彩照人,松竹梅柳惟妙惟肖,杯盘瓶碗别致风韵,手饰制品又自成一家,一时成为乌鲁木齐一绝。

买买提师傅使用一种手磨玉石机,环磨各种简单的玉石器皿装饰品。买买提师傅不仅雕玉器还刻印图章。不仅会刻维吾尔文字图章,还会刻汉文字、满文字、蒙古文字、俄罗斯文字图章。不仅会刻汉字的楷体,还会刻汉字的柳体、苏体、赵体、隶书、魏碑等。只要给他几个字的图样,他就能刻得疏朗开阔,苍劲有力。他能将柳体镂得虚实提神,骨气凸现;他能将苏体琢得谐趣度意,肉美体腴;他能将赵体雕成肌理成润,血脉一承。看他刻字有步步登高,步步有景,曲径通幽,别有天地的感觉。他雕玉刻字,技艺高超。由于他加工费很低,所以他并不富裕。

1944年初,新疆土皇帝盛世才得了一块大青玉,是和田专员送给他的。他高兴异常,将买买提师傅请去,要他将大青玉雕琢成"新疆瑶池"。大青玉雕琢成功当天,盛世才的狼狗撞了雕玉工作台,顿时玉石破碎。盛世才一怒之下,竟然以"阴谋大复仇案"将买买提师傅杀害。中华人民共和国成立后,随着玉雕事业的不断发展,乌鲁木齐于20世纪60年代初成立了玉雕厂,买买提的儿子担任了首任厂长。现在他的子孙遍布全疆各地,主要从事玉雕手艺。

乌鲁木齐在 19 世纪 20 年代有一家著名的金银首饰加工店，叫"华祥金银首饰店"，在大十字附近。首饰店的师傅是天津杨柳青人张国礼。他 1900 年生于伊犁，他的祖父张本仁，清光绪三年（1877 年）随左宗棠、刘锦棠官兵"赶大营"来新疆定居。张国礼年轻时，跟伊犁的天津人宋之增师傅学徒。他 20 岁来乌鲁木齐谋生，依靠自己精湛的手艺，在乌鲁木齐成了"第一刀"。

张国礼师傅首先给红山大佛寺加工红山佛塔的金鼎。当时乌鲁木齐发洪水，一些商民向佛寺进贡要求铸鼎以镇妖。张国礼师傅接活后，一夜绘了三十多张鼎图，自己都不满意。第二天，他又去书摊找图看画，到各庙各寺看鼎摸佛。在西大桥的书摊看到一本旧书，书中一只鼎非常美观，他在此图的基础上创造出一张图，送给僧人看。僧人一看，拍案叫绝。他连夜铸模烧锅，又制成模型，自己认为满意后就制订了 10 道工序。即打模出形，揉边出檐，雕精生金，镂须着花，刻意出新，锲景点缀，凿幽通灵，磨光生辉，铸铁补空，嵌貌成型。金鼎造成后，僧人齐声喝彩，他的华祥金银首饰店也顾客盈门。他除了亲自收活做活以外，还带了两个徒弟，师徒三人精益求精。尤其是铸嵌钻石，做工精细。根据钻石的形状，用手工轻磨，设计成各种图样供顾客选择。按照钻石尺寸加工成一定的比例适度，再镶嵌钻石，几乎每一件成品顾客都惊喜满意，全疆各地慕名前来制作的很多。

20 世纪 30 年代，张国礼师傅曾为一个客户加工一座 7 层银塔，直径 18 厘米，高 50 厘米。银塔加工好后，只见银座美观，银檐细致，银铃玲珑，银瓦闪光，银柱夺目，银顶生辉。那银座模具打制精巧，揉技细致挑檐，镂技冠花有节，刻技塔型有理，雕技塔座苍雄，锲术联成整体，凿术点缀成门，磨术韵滑出势，镶技安窗得当，嵌技全塔景活。客户取货时交口称赞，这座设计精巧的玲珑宝塔，可谓乌鲁木齐一绝。

张国礼师傅还有两手绝技，一是雕刻钢印，二是雕刻狮子铜质人名章。中华人民共和国成立后，他专门给市邮电局加工钢印，1968 年去世，终年 63 岁。

饰金镶银

● 文昊 摄

63

织帕拉孜

● 吴凤翔　摄

帕拉孜是乌鲁木齐维吾尔族妇女用彩色羊毛和粗线织成的一种毯子。这种毯子无绒，比地毯薄，十分耐用。许多维吾尔族群众用其做地毯使用，也相当漂亮。维吾尔族、哈萨克族、柯尔克孜族、塔吉克族等民族的群众也有做床毯的。寒冷的冬季，披在牲畜的背上，既显示了乘畜威风给主人增光，又显示了主人保护牲畜的善良之心。

帕拉孜的图案多为彩条纹式、杂条纹式、宝相纹式、莲花纹式。有的是各种花纹的混合搭配组成美丽的图案，有的用棉织花纹，有的用毛织花纹，有的用棉毛混合织花纹，近年又出现了化学织品以及棉化纤混合织品。一般毛织和化纤织品质量优良，色彩缤纷。其织法和工具与地毯大致相同，但织出的帕拉孜却别具特色。维吾尔族人制作的帕拉孜可分为编、织、扎、穿、挑、拉、剪、整8道工序。首先在木杆上将经线挂整齐，把纬线织成底层，再把毛线或不同色彩的线扎进底布，穿入加针拉细线，编成地毯平面图案。个别图案要细挑形成一定成形图案，有的图案针线不足之处，随时拉出结

扣，一副帕拉孜大体成功。然后剪去浮毛，最后整理平面，使之美观亮丽。经过这8道工序织的帕拉孜，十分结实耐用，保护得好，一二百年都不坏。一般都可以作为财产留给后辈，也可将此作为古文物，展示一个家族织毯文化的悠久。

织帕拉孜时，织好底层后，有的可以在底层上画图案。精明伶俐的维吾尔族妇女根本不用图案，就能织出五颜六色藤枝蔓叶来，还能织出色彩缤纷的花来。那流苏纹、鸡冠纹、木格纹、花冠纹就像从她们手中流出来的；那月亮花、秋菊花、桃杏花，好像从她们手上长出来的；那些山水、建筑、日月，就像在她们手里造出来的。

详细考证乌鲁木齐维吾尔族妇女编织帕拉孜的技术，大致在清代逐步形成，民国年间渐成风气。几乎每个维吾尔族妇女都会这种编织技术，它成了做母亲的本能。帕拉孜成为乌鲁木齐土特产市场的一种重要的维吾尔族工艺品，美国、英国、法国、俄国等国大型博物馆都有收藏。

花结芨芨

花结是哈萨克族、蒙古族牧民用花色法编门窗帘和房围箔的技术。芨芨是新疆的一种草，古称息鸡草、白草，根系发达，生命力旺盛，分蘖多，每株少则几十根，多则上百根，粗细如织毛线的竹扦子，长达1.2~2米，在新疆草原分布极广，遍地都是。生活在乌鲁木齐牧区的哈萨克族、蒙古族牧民用它来编窗帘、箩筐等用品，这就是新疆有名的花结芨芨，牧民们赋予它一个美好的名称。

每年9月，芨芨草成熟后，牧民们把它们割回来，在门前晒干，按需要将芨芨草裁成各种长度。各种五彩线搭在架子上，有的在芨芨草上缠上五彩线，与芨芨草混合编织。两边线团要对称一致，要和两条主体线始终保持垂直，像建筑上的吊线垂一样笔直。一根芨芨草前翻几下，后翻几下，全自然打结，把芨芨草一根根打下去，就成了一条美丽的草帘或围箔。当草帘打至一米七八，围箔打至七八米时，把结打成死结。剪下多余的毛线，剪去花结芨芨的毛边，一件艺术品就成功了。再看那花结草帘上的图案，如蓝天、大海、草原、青山一般美丽。牧民们往往趁着这种创造之后的快乐，翩翩起舞，予以庆贺。

花结芨芨的图案之繁多，花色之复杂，造型之独特，对称之和谐，令人叹服叫绝。以图案为主，大方圆满；以造型为主，和谐美观；以纹路为主，流畅舒展。有城堞形、牛羊形、宴席形、杨柳形、阶梯形、窗格形、花冠形、二方连续、四方连续，有既作边饰又作主题的纹样，也有连续以散点构图的纹样。其中二方连续，是两个正方形连续花结在一起，镶上美丽的颜色，像一朵美丽的小三瓣花，组成美丽的几何图形。牧民们又用桃红、石青、橘黄、墨绿、湖蓝造成了色彩丰富、主色亮丽的效果。花结芨芨注意用底色做对比色，黑与白不断补色，使画面产生了游离感，好像要飘动飞翔一般。这些对比强烈、鲜艳明快的风格，突出了图案自然组合的效果，满足了视觉快感的需要。

哈萨克族、蒙古族牧民的花结芨芨比较完美，不在市场上销售，只在他们的毡房蒙古包自用，或者在我国博物馆作为高级艺术品收藏。

精制坎土曼帽

● 文 焱 摄

　　坎土曼是新疆维吾尔族农民使用的一种农具,它类似汉族的板镢。半圆形,长约30厘米,宽25~28厘米,在上方中心有直径3~4厘米的小洞,供安把用,把长1.1~1.3米。它是维吾尔族农民用来刨地、挖地、平地、播种、锄地等的农具。维吾尔族男子春夏秋三季戴的一种帽子,很像它的形状,所以维吾尔族人称它为坎土曼帽。坎土曼帽类似国际上流行的鸭舌帽,但比鸭舌帽鼓挺舒展,看着更加大方潇洒。不仅维吾尔族人喜欢戴,就是汉族和其他少数民族也喜欢戴,它是新疆真正的土特工艺产品。以乌鲁木齐二道桥几个制帽店制作的坎土曼帽最为有名。清代以米吉师傅制作的坎土曼帽最为精致,民国年间以依不拉音师傅制作的坎土曼帽最为地道,中华人民共和国成立后又以阿米提师傅制作的坎土曼帽最为大方美观。

　　制作坎土曼帽的料子布,一般是较好的毛布呢料。还有毛革布、衬布、里子布、针线等。裁剪时先裁帽顶布、帽撑布,再裁帽围布、帽檐布,每一道工序都要求裁得尺寸合适。尤其裁帽围布的后脑勺时,要求尺寸稍微大一些,人们戴时才能有舒展张力。对帽檐的裁剪要求剪圆对称,裁剪帽檐内衬的革布、衬布时,要求尺寸分毫不差。裁剪师傅最难裁剪工序就是裁帽子,俗话说:"宁裁三套衣,不裁一顶帽"。而制作坎土曼帽更是技艺高超,缝制流程工艺复杂,要求细致。要先缝帽沿,再缝帽圈。要求针走一线,压线平直,穿针准确,接线无痕,前线垂直,后针紧凑,跑针稳定,收针无结。缝制帽顶、帽撑时要顺形走针,依圆边压针脚。缝帽撑和帽围时要依缝插针,隐角收针紧缝,造成帽撑渐凸。缝制帽檐时,要以帽衬为引线,使穿进帽檐的线大小合适。整个帽子整理好后,要熨帽围、帽檐,使帽子更加平展挺括。

　　坎土曼帽制作以它的工艺严谨细致,造型洒脱,受到乌鲁木齐各族人民的青睐。

印花布

维吾尔族人的印花布，是把美丽的图案，用手工戳印或手工镂印出来。这种印花布技术是乌鲁木齐维吾尔族人的一种流行工艺，市场占有率高，销售速度快，人们对这种美丽的工艺品需求力很强。由于机制印花布屡次失败，非维吾尔族手工莫属，市场常常供不应求。

维吾尔族人的印花布是流程技术，分戳印多花和镂印单花两种。戳印多花先把花样画于梨木和核桃木上，以木模立搓制纹，制成凹凸不平的图案。又用模戳醮黑色染液（面汤浸泡的黑色液体），印出黑色的纹样。一个模戳就是一种单独的纹样，用一个单独的纹样可拓印出来形式多样的纹样。以如意纹和宝相纹形成组合的整体纹样为最多，再用不同的模戳，刷上各种染液（有橘黄、靛青、湖蓝、墨绿、深红5种基本色），按纹样拓印出绚丽多彩的印花布。再用毛笔醮上染液，画龙点睛般地染在印花布上。后用专门的植物清洁液清除布上留下的污点，一块高雅吉祥的印花布就成功了。手工印制相当费事，四五个小时才能印制一米见方的一块。

镂单色印花布是先将纹样复画于厚纸或铁皮上，镂空花纹成为印板。印染时又将镂板置于白布之上，再用灰浆（石膏粉配以面粉和少量鸡蛋清）涂于镂空花纹处。灰浆即粘于布上，取去镂板，待灰浆干后，将布放入染液中漂染、晾干，剥去灰粉，即呈现出五颜六色相间的印花来。单色镂板印制一般采用蓝靛草浸染，现出蓝底白花的效果。这种印花布又称蓝色印花布。

维吾尔族印花布之所以珍贵，不仅是因为手工制作，还有一个重要的原因，就是它的染料全都是自然染料，为植物和矿物质染料，均用土法制作，如用槐花籽、桑树根制作橘黄染料；用核桃树叶、核桃皮制作橙色染料；用红花、茜草制作深红染料；用红柳根、杏树根制作褐色染料；用铁锈屑和面汤制作黑色染料；用绿葡萄干制作墨绿染料；用紫桑葚制作紫色染料。这些大自然染料印出的布，色泽鲜艳，看后赏心悦目。

印花布图案有桃杏花、海棠花、石榴花、太阳花，有果实的图案葡萄、麦穗、棉花、巴旦木，有动物的图案鸟雀、鸡鸭、蜂蝶、牛马，还有大自然的图案山川、星月、草原、森林、湖泊、大海等。这些图案从花色看古朴典雅，素洁大方；从布局看对称饱满；从结构看花卉相映，枝蔓交错，形成维吾尔族特有的装饰性特点。

这种印花布用途广泛，可做壁挂、墙围、窗帘、桌布、餐巾、床单、腰围布，还可做工艺品，被众多的中外游客收藏。

扎经
艾得莱斯

● 文 焱 摄

他们一家热情奔放、豪迈的性格。

艾得莱斯绸图案复杂，用巴旦木木纹、如意纹、山川纹配图，要黑白相间或深浅相间，虚实得体，条花搭配，色彩对照要具有强烈的对比，点位要缓抬，纹边要轻抹，使配制的图案流畅开阔，奇特浪漫。

扎经时，要按图案的要求，在轻纱上染色。先给成捆扎起的经线上颜色，按照图案一点一点往上涂抹，要纵向涂染，画好一捆是一捆，以免造成图案间架结构混乱。要先用一种颜色涂染，涂了一种之后，再涂另一种颜色。染色时要干净利索地在器皿边刮一下，不能呈流液体状，以免液体流到不该扎染的经线上。也可以制成模具镂空涂染，镂空涂抹要让笔墨干爽，防止镂空板边缘湿墨迹胀大图案花纹。扎经艾得莱斯绸工艺复杂，是一门很难学的技艺，民国年间扎经艾得莱斯绸得学 4 年才出师，稍不注意经线只能染成黑色作他用。

中华人民共和国成立后，大力发展艾得莱斯绸机织工作，有的维吾尔族人仍爱自己扎染，他们认为自己亲手扎染的才是最美丽的，花色才是最得意的。随着科技的发展，新颖美丽的款式众多，艾得莱斯绸正走向市场，手工工艺扎经艾得莱斯绸已越来越少。

艾得莱斯是维吾尔语扎经染整之意。它是维吾尔族人比较喜爱的一种缝制连衣裙的绸料。这种绸料有的色彩缤纷，有的黑白相间，有的青绿争艳，把维吾尔族妇女打扮得如同花儿一般，扎经是指染整这种绸料的技艺。

扎经绸料，采用的是我国古老的扎经染色法工艺。扎经艾得莱斯绸的工艺主要在和田、喀什一带流行。1940 年开始在乌鲁木齐流行，有小型的制作间。比较有名的是老马市附近和田人依不拉音开办的民族日用百货商店后边，一间扎经艾得莱斯绸小作坊。依不拉音在前边开店，他的母亲和祖母进行复杂的艾得莱斯配制图案工作。他的妹妹、侄女则按照图案扎经，他的父亲和弟弟做最后的染整。依不拉音怕累着父亲，常常亲自上马大干。依不拉音一家制作的艾得莱斯绸，图案鲜艳和谐，纹样粗犷有则，反映出

19世纪20年代,乌鲁木齐和田街有一家吾守尔皮货店,门市坐东向西,生意红火,顾客络绎不绝。吾守尔是个四十多岁的维吾尔族壮汉,每天络腮胡子上都带着笑。

吾守尔是库尔勒人,父亲是孔雀河边的老皮匠,父子俩凭着一手绝活来到乌鲁木齐。他们熟皮子用土办法,熟的皮子清香柔软,明亮无皱。他们的二毛皮筒子,库车黑羔皮筒子,毛白如天山雪,黑如乌煤金。那狐皮帽子更是做工地道,戴着温暖如春天。全国各地云集乌鲁木齐的客商,走的时候都要带上几件吾守尔父子的皮货,作为赠送亲友的佳品。

吾守尔父子熟皮子的原料主要有玉米面、小米、粟子、红矾、硫磺。用这些原料熟皮,不但质量上乘,而且保护了皮张的柔韧度。他们在门店的后院有数间作坊,后门紧靠原乌鲁木齐河,熟皮用水极为方便。

熟皮时他们首先用玉米、小米、粟米做成糊状发酵,掺上红矾,制成的溶液放入一个大锅。把生皮子浸泡锅中,在常温下放置3天,使之发生一系列的物理和化学变化,主要的脂肪纤维被缓缓地水解脱脂,皮子脂化度下降到熟成后的粘液发稠为止。皮子捞出后又在红矾水中浸泡三四天,每天要鞣制搓打三四个小时,三四天后鞣的皮子光亮平滑。捞出拿到清水中反复清洗十几道,一张洁净柔软光亮挺括的皮子就成了。如果要黑色或棕色的,再在靛青和红矾或红花草和红矾液体中浸泡一个小时,再清洗一遍,就是你满意的皮色。

古代库尔勒皮货最有名,库尔勒的孔雀河(维吾尔语孔其达里亚)就是皮匠河的意思。新疆以前用白矾熟皮,无光泽,有异味。吾守尔父子高超的技艺并不保守,谁去学他们都认真地教。他们当时名声很大,谁也无法和他们竞争。他们首先把用米面和红矾熟皮的工艺方法在乌鲁木齐传播开来,又传播到全新疆。1949年5月,一场洪水将吾守尔父子的门店冲了个血本无归。一个宁夏商人说宁夏的二羔毛优良,请吾守尔父子去了宁夏。后来人们时常说起这两位乌鲁木齐引为骄傲的手工艺大师。

红矾熟皮

● 文焱摄

● 文焱摄

印花皮鞋

人们只看过绣花鞋，谁看到过印花皮鞋？在乌鲁木齐市，19世纪20~50年代的乌鲁木齐，都能看到印花皮鞋。

1919年夏尔克提从喀什来到乌鲁木齐，当时他是喀什有名的乌孜别克族鞋匠，祖上5代人都是喀什有名的鞋匠。夏尔克提师傅因其美丽的妻子被大巴依强暴，妻子义愤地跳入喀什噶尔河，他伤心之极带着儿子离开了喀什，到乌鲁木齐二道桥西边开了一家皮鞋店，名叫夏尔克提皮鞋店。为了纪念钟爱的妻子，只做印花皮鞋。不但有女式的，还有男式的；不仅有印花皮凉鞋，还有印花皮毛鞋。乌鲁木齐人喜欢穿它，一时流行于乌鲁木齐大街小巷，并且走向了天山南北。

印花是用纯钢印模在做皮鞋之前印制上去的。夏尔克提有几十套不同的印模。男式皮鞋的印模花样有牛眼驼掌鸭子头，秦砖汉瓦鸡冠花，茶碗托盘鸽子翅，太阳月亮马塔子。总之创意独特巧妙，使人有意想不到的美丽和惊奇，深受男人的青睐。女式皮

鞋的印花有垂柳菊花哈八狗，杏花牡丹小狸猫，月季玫瑰夹竹桃，梅花玉兰车前草等图案。这些图案大多奔放热烈，典雅绚丽，仿佛给乌鲁木齐妇女沉闷的心中吹起了一池波澜。

这些钢模全是夏尔克提师傅自己镂制雕刻的，然后将其安装在自制的印花模板扣上。印花时一要将皮子设计好，注意将花印在皮鞋的尖头上和皮鞋的两侧，皮鞋的后面男式印个二方连续，女式可印朵六瓣花。二要印制时，先轻轻地，然后顺着皮子韧劲，将印花压紧，注意不要用力太猛，用力太猛会把皮子压坏，用力太轻，花的图案不着色。夏尔克提师傅的印花皮鞋直到鞋穿烂，鞋面穿破，印花的图案依然如故，可见印花技术入皮三分，恰到火候。三要取下皮鞋时轻下慢取，取时大多很忙，要忙而不乱，以免伤及皮膜，成为废料。四要制作裁剪缝制纳皮鞋时，一定要对准印花，使其在鞋面正中，侧面中间，保持对称和谐。

夏尔克提师傅于1945年故去，却把印花皮鞋技术留到了乌鲁木齐人的心中。

新疆乌鲁木齐建筑纹样工艺，是乌鲁木齐维吾尔族、回族、哈萨克族、柯尔克孜族、乌孜别克族、塔吉克族以及其他各族人民共同创造的，是我国建筑艺术的一个宝库。其工艺不仅引起国内许多建筑专家的研究兴趣，而且已作为我国建筑院校的实习地，世界建筑大师的考察地，将越来越受到人们的重视。

乌鲁木齐建筑纹样工艺有以下几种：

门式纹样：汉族叫佛龛纹样，外观呈半椭圆形，少数民族称其为米哈提纹样。这种纹样不仅用于公共设施建筑中，而且各种民居也大量使用。

窗式纹样：汉族叫如意纹样，维吾尔族叫巴旦木纹样。外观像巴旦木内核，一般信仰伊斯兰教民族都喜欢这种纹样。现在乌鲁木齐公共建筑多用这种纹样，而且不少汉族人都将这种图案融入自己的住房艺术中。

砖刻纹样：这种纹样汉族叫阶梯纹样，外观方格连方格。少数民族称为二方连续或四方连续，用于伊斯兰砖刻窗格及雕花艺术中，少部分用于砖刻墙面艺术中。

这些建筑纹样工艺用料节省，施工方便。例如门式纹样和窗式门样，可用发拱技术处理，即将砖砌成半圆的拱形即可。即使有几个窗式纹样复杂一点，可以在砌好模型之后，再做一次楔子套砌即可。即将砖砍成半圆形、三角形，依据标准尺寸砌进个楔子，然后掏出多余的砂浆即可。

第三种阶梯纹和流苏纹样较多，一般砍成一个6厘米×24厘米的横断面的跑砖形，在砖上刻上纹样即可。如果大型砖混建筑，而要砌成宝相纹、阶梯纹、宴席纹，就要依照图纸进行砌筑。乌鲁木齐许多宗教建筑中的门楼墙面，普遍采用了这种砌筑方法。事先将条砖打成三角形、圆形、五边形、六边形、八边形，或者用切割机将砖裁成不同形状，抹上灰浆砌筑，然后用水泥砂浆勾缝。完工后，在清水墙面上的花纹美不胜收。

这些建筑纹样之所以如此吸引人，是因为它既有中华文化的韵味，又有西方文化的痕迹；既有伊斯兰教纹样艺术的创造，又有佛教、基督教、道教、萨满教纹样图腾的影响；既吸收了汉民族建筑古老传统的精华，又吸收了维吾尔、哈萨克等民族特点，标志世界四大文化在乌鲁木齐大融合，大碰撞。尽管它的历史如此复杂，却表现了乌鲁木齐维吾尔族图案艺术最基本的底蕴。由于它善于吸收融合，所以有极强的生命力。

人们常以麦西来甫赞美新疆的歌舞艺术，只要对乌鲁木齐做一次旅游，你还会为它渊源驳杂的建筑、色彩缤纷的建筑纹样惊喜不已，它是我国建筑艺术中一颗最为璀璨的西部明珠。

建筑纹样

◉ 文昊 摄

丝网雕版羊皮图

一块0.5平方米羊皮上，雕版着米黄色神奇的画面，舒朗的艺术字、令人惊叹不已的丝绸之路图和新疆旅游图，这是采用古老精湛的丝网雕版术制作的。这件具有新疆文化特点的手工艺品孕育了创新者的传奇。

华侨朋友吴刚提出："新疆除了瓜果特产礼品，没有文化特点的礼品。"几位年轻人齐峰、郭千钧、李亚军听了以后，想用羊皮制成一本书，却苦于所需材料多，价格太昂贵，只好放弃了。以后有人提议："曾看到一幅地图画在兽皮上，何不把丝绸之路图和新疆旅游图印在羊皮上。"有人提议："在印刷术上，何不采用古老的丝网雕版印刷，而且要全部用手工精密制作。"有人提议："把两项古老的手工工艺结合在一起，让中华民族的手工艺品大放异彩。"大家一拍即合，说干就干。

他们首先寻找优质的羊皮，走遍了天山南北和乌鲁木齐的大街小巷，寻找了几个月，一直没有找到满意的羊皮。有一天齐峰上街办事，无意中在乌鲁木齐市团结路的一个胡同口发现了他们要找的手工熟制羊皮，一摸手感，较为粗糙。他们要求熟皮师傅熟出较为光滑而又柔软的羊皮，鼻子一闻又有异味。他们要求用玉米面熟皮，加

稍许天然维吾尔香草料，熟出了稍有香味的羊皮。他们发现绵羊皮有一点不伸展，易打皱，表面不够美观，又改熟山羊皮，才熟出他们满意的，能代表新疆手工艺水平的羊皮。他们又选择雕版木材料，先选了松木，感到印出的字不够细腻；又选榆木，手摸又不够光滑；又选香梨木，印出的字和图既细又工整。他们又找丝网，先找了几种丝网都不满意，最后选用新疆和田丝网作为雕版网，才把所用材料全部定了下来。

他们请新疆大学画家制作了丝绸之路图和新疆旅游图，又请新疆有名的书法家专门写了书法字。由齐峰个人四处筹资，经几个年轻人风风火火的一番运作，丝网雕版羊皮图就这样历经磨难诞生了。

这件折叠起来只有手球大小，正反两面都使人眉目一新的雕版羊皮图，装在精美的小羊皮袋中，旅客无论装在皮包里或旅行箱中，都不怕挤压，不占地方。另一种包装作为礼品式木盒，仅有一本杂志大，厚有10厘米，看着庄重美观，开合新颖别致，采用古代百宝箱机关，易开易合，巧妙而富于玄机。两种软硬包装的丝网雕版羊皮图分量轻，携带方便，可随时取用查阅旅游地点，真可谓新疆现代手工艺品的一宝。

草尖上的城市

历史文化

● 向京摄

《乌鲁木齐市志》

　　《乌鲁木齐市志》主编杨震、张涵,副主编田广义、李明、陈红戟,编辑顾问汪新泉。新疆人民出版社出版,全书共六卷。第一卷总纲,第二卷至第六卷分政治、经济、建设、文化四部分五卷章目。其中经济部分叙述厚实,分三、四两卷。全书三千余万字,共设七十七个类目,是乌鲁木齐有史以来第一部市志,堪称乌鲁木齐市的百科全书。

　　全书编辑历经 15 年,出版历经 5 年。第一卷总类卷,1994 年 10 月出版,设序言、比例、总述、大事记、建置、自然环境、人口、民族、宗教、人民生活、区县概况。第二卷建设卷,1995 年出版,设综述、城市规划、市政设施、公用事业、房地产管理、建筑园林绿化、环境保护、资源、交通、邮政、电信。第三、四卷经济卷(上)(下),1997 年出版,工业综述:设煤炭、电力、钢铁、机械电子、化学、建材、轻工、纺织;农业综述:设种植、畜牧、林业、乡镇企业、渔业、农垦;计划财政、税收、金融、商业、供销、粮油、物资外贸、物价、工商、劳动、计量、统计。第五卷政治卷,1999 年出版,设党派、群众团体、人大、政府、政协、人事、外事、军事、民政、公安、检察、审判、司法。第六卷文化卷 10 个类目,科技、教育、文艺、卫生、体育、广播电视报纸、文物、旅游、人物、杂记。全书记叙了乌鲁木齐独特的自然地理概貌,丰富的矿产资源和浓郁的风土人情。呈现了亚洲中心点四大文明融合之地,迷人神奇的自然风光和名胜古迹,展示了丝绸之路古老的风貌和各族人民两百年来共同创造的灿烂的文化和辉煌的历史。

　　《乌鲁木齐市志》资料上限起自 1911 年辛亥革命,下限自 1985 年。为了保持事物内在的连续性,对自然地理的科学论证可上溯几十亿年前,大事记、总述、人物下限延至 1992 年。全书横排门类,纵写历史,专卷前和类目前设无题概述。对新疆生产建设兵团奋进史,分别归入有关的专业卷中。对于书中人物,坚持生不立传。对历史文献、口碑资料,严格考证后才入志,保证了志书的真实性、科学性。全书用语体文,为简化字、记叙体,引用古籍原文、名词术语一般用总称,不用蒙前省略和蒙后省略。《乌鲁木齐市志》为乌鲁木齐市地方志编纂委员会编辑出版,主任为司马义·买合苏提、玉素甫·艾沙,顾问为吴敦夫、李光清、赵华生、加勒治。《乌鲁木齐市志》以标准化的质量、创造性的含量,得到了各族人民的称誉。

《老残游记》是我国一部著名的章回体小说。前 20 回作者刘鹗于 1903~1906 年在天津写成,《老残游记》续集在乌鲁木齐写成。2000 年亚洲文坛和亚洲著名文学家将其评为亚洲百年百部著名小说的首部,认为其语言富于表达力,在描写自然景物、人物心理状态方面,尤其在乌鲁木齐写成的续集在描写风土人情方面更具特色,是亚洲及世界上不可多得的文学瑰宝。

《老残游记》的内容以一个摇手铃的江湖医生老残为中心,写出了他游医行程中的见闻和活动,重点抨击了那些名为清官,实即酷吏的虐民行为。写这部小说目的是为了"哭棋局已残,吾人将老。"他把封建社会当做无一处不残的破船,在大浪航行中将随时覆没。而船主和掌舵的却没有错,只是他们过惯了太平日子,一遇风浪就毛手毛脚,而船上的水手却掠夺乘客衣食,一群高谈阔论的家伙在乘机敛钱并且自找一块安全的地方,鼓动别人去流血。好心的老残将一只罗盘送到船上,可水手和演说家却说老残是内奸,把老残赶走了。在乌鲁木齐写的《老残游记》续集,书中人物归于僧道,作者思想走向佛教无为的脉络,表现了刘鹗无可奈何的悲哀。有人说老残预见了封建社会必将灭亡的命运。这部小说在中国文学史上被称为晚清四大谴责小说之一。

《老残游记》语言清新,自然景物描写细腻真切,构成了一幅幅风景画和风俗画。如描写:"家家泉水,户户垂杨"的泉城济南。写千佛山"苍松翠柏,红的火红,白的雪白,青的靛青,绿的碧绿,更有那一株株丹枫夹在里面。"第三回写黄河打冰如身临其境,白妞的美妙歌声,桃花山的月夜,大明湖的景致,写得如画面一般明净,对读者很有吸引力。《老残游记》在艺术上另一个重要特色是心理描写。这在我国已往的小说中是少有的,尤其是在作品中出现了长段心理描写。胡适先生曾撰文认为,描写技巧较高,抒情状物,时有可观。通过烘托的手法,时收时放的结构,东西交错的形式和一系列不离中心而又贴切的比喻,绘声绘色描写了人物的心理。《老残游记》续集通过描写斗姥宫尼姑逸云恋爱的心理活动,表现了人物郁闷、凄凉、惨淡的心情。鲁迅先生撰写的《中国小说史略》对《老残游记》作了一系列的科学论述,认为其有独到之处:"摘发所谓清官之可恨,或尤甚于脏官,言人所未尝言。"

《老残游记》1903 年先在天津《绣像小说》半月刊发表连载前 13 回,老残这个人物很快被编入曲艺、戏剧,广为流传。后又在天津《日日新闻》发表后 7 回。1906 年正式出版了初编 20 回单行本,1935 年又出版了二编 6 回单行本。另外还有外编第一卷的残稿《老残游记资料》,是魏绍昌专程到乌鲁木齐考证写成,可见当时人们做学问的严谨。

《老残游记》

◉ 文昊摄

75

《阅微草堂笔记》

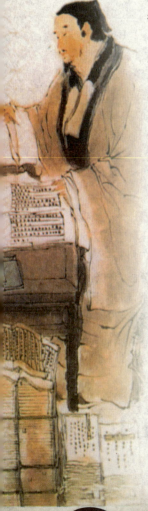

清朝一代才子纪晓岚于清乾隆三十三年（1768 年）至清乾隆三十六年（1771年），被贬官流放至乌鲁木齐。他把自己在北京和乌鲁木齐两地写就的一部散文集，命名为《阅微草堂笔记》。

《阅微草堂笔记》共24卷，全文45万字。内有《滦阳消夏录》6卷，《如是我闻》4卷，《槐西杂志》4卷，《姑妄听之》4卷，《滦阳续录》6卷。书中每一卷都记载了乌鲁木齐的风土人情、民间故事、风物秩事，这些笔记散文篇幅精练，文字隽永。鲁迅先生曾给予高度评价；近年有人称《阅微草堂笔记》是我国第一部长篇散文集，说纪晓岚在乌鲁木齐吸收了世界四大文明之精华，开创了我国散文的一世之风。

纪晓岚的散文语言简洁、鲜明、生动。他善于创造性地运用古代语词，又善于吸收民间和各少数民族的口语，创造了一种新奇的散文语言。他的这些散文语言语汇精练丰富，组词遣词文从字顺，使文章摇曳生姿，读后过目不忘。

《阅微草堂笔记》善于巧用散文抒情，以真实的感情抒写了委婉曲折的风土人情。表现动人哀感、长歌当哭是纪事散文的又一特色。他叙事多用对比，借题发挥成了一种随事而异的杂文感慨议论。如："有卫拉特女，为乌鲁木齐民间妇，数年而寡，妇故有姿首。媒妁日叩其门，妇谢曰：嫁则必嫁，然夫死无子，翁已老，我去将谁依。请俟养翁事毕，然后议。有欲入赘其家代养其翁者。女又谢曰，男子性情不可必，万一与翁不相安，悔且无及，亦不可。苦操作，翁温饱安乐，竟胜于有子时。越六七年，翁已寿终，营葬毕，始痛哭别墓，易彩服升车去。"这些记事简短明快，富于转折变化，十分饱满地表达一种少数民族的真情。

《阅微草堂笔记》善于体情察物，抓住平凡事物的特征，创造生动优美的形象，往往以适当的裁剪和具体的描写，就能形成一种散文的典型化。如："乌鲁木齐泉甘土沃，虽花草亦皆繁盛，江西蜡五色皆备，朵若巨杯，瓣葳蕤如洋菊，虞美人花大如芍药。大学士温公以仓场待郎出镇时，阶前虞美人一丛，忽变异色，瓣浑红如丹砂，心则浓绿如鹦鹉，映日灼灼有光，以金星隐耀，虽画工设色不能及。"有人曾认为中国没有长篇散文，近年来人们才清醒地认识了《阅微草堂笔记》。

● 文 焱 摄

《 解忧 》

　　《解忧》由 1991 年新疆话剧团创作演出，编剧刘萧无、导演王成文、戈弋。

　　该剧描写两千多年前西汉汉武帝为联合乌孙共同抗击匈奴，把楚王刘戊的孙女封为解忧公主嫁给了乌孙王。解忧公主为人乐观开朗，身体健康。她虽然自幼生在深宫闺院，万里迢迢来到乌孙部落后，练刀骑马，学会打猎，还常穿着乌孙服饰和乌孙王一起巡视各个部落。她为了乌孙部落的安定，3 次改嫁 3 个乌孙王兄弟，生育四男二女，后来被誉为乌孙国的国母，她的大儿子、大孙子都是历代有名的乌孙王。

　　汉武帝末年，匈奴发大军攻乌孙，并扬言乌孙王不交出解忧公主就踏平乌孙部落。乌孙部落主降派主张交出解忧公主以求安宁，她的丈夫乌孙王翁归靡力排众议，和解忧公主上书汉朝，请求汉朝发兵救乌孙。汉朝此时正值汉武帝驾崩，没有派出救兵。一时乌孙投降派意见占了上风，解忧公主的丈夫用真诚的爱支持自己的妻子设宴群臣。解忧公主亲自烹制佳肴，众臣称赞汉朝饮食文化。解忧公主向大家担保："汉军一定会来。" 她又号召老王猎骄靡的子孙们："乌孙只有光荣的历史，只有胜利，可耻的投降从来和我们没有缘分。"不久汉宣帝即位，他接到乌孙王和解忧公主的信后派 15 万大军，兵分 5 路，打败了匈奴。

　　《解忧》这部历史剧再现了中国各族人民血肉相连，休戚与共的关系。塑造了西汉公主解忧和丈夫乌孙王翁归靡真诚的爱情人物形象。全剧格调热烈明快，具有文采华美的抒情风格。人物语言洗练，精句迭出，准确地表现了人物的性格命运。情节跌宕起伏，场景广阔，气势恢宏，体现了新疆民族话剧的艺术特色。1991 年赴北京参加全国话剧交流演出，1992 年 11 月《解忧》剧本获中华人民共和国文化部、中国戏剧家协会授予的 "全国少数民族题材戏剧剧本创作银质奖"。

《阿曼尼莎罕》

电影《阿曼尼莎罕》获中国特别大奖，天山电影制片厂和天津电影制片厂于1993年联合摄制。编剧赛福鼎·艾则孜，导演王炎。

影片根据一个美丽的民间传说拍摄。16世纪中叶，我国境内的叶儿羌汗国国王阿不都热西提汗在一次外出中听到一首美丽的歌声循声而去，见一个18岁的维吾尔族少女一边打柴，一边歌唱。唱得苍鹰都高悬半空，百灵鸟和黄莺都停止了歌唱。阿不都热西提汗为美妙的歌声震住了，更被姑娘美若天仙的容貌惊呆了。国王一打听，姑娘叫阿曼尼莎罕，是个打柴人的女儿。她从小爱唱歌，吹拉弹唱十八般乐器都娴熟精通。而且靠着家在学校附近的便利，学会了写诗作曲填词。不管什么歌在乐师的指导下一学就会，一点就通，几乎唱红了塔里木河畔，唱醒了塔克拉玛干大沙漠。国王决心娶阿曼尼莎罕为王后。阿曼尼莎罕父母同意了，但阿曼尼莎罕不同意。经国王再三求情，阿曼尼莎罕心动了，提出3个条件。一要让阿曼尼莎罕整理十二木卡姆。二要统一木卡姆全部的曲调为十二个木卡姆。三要重新修订十二木卡姆的全部歌词，要用通俗流畅、文雅的回鹘文、突厥文歌唱。国王答应了阿曼尼莎罕3个条件后终于成婚。婚后国王没有食言，不仅深爱阿曼尼莎罕，而且调集不少诗人、乐师、琴师、歌唱家帮助阿曼尼莎罕完成世界音乐史上的奇迹。阿曼尼莎罕不辞辛劳排除重重困扰，完成了《十二木卡姆》整理工作。阿曼尼莎罕正当才华横溢的青年时期，不幸因生育而去世了，人民将她的遗体葬在金子墓地，国王为她写了无数的情歌和挽歌。过了两年，国王也去世了。

片中演奏的十二木卡姆悠扬浑厚，展示了维吾尔族源远流长的历史文化内涵。影片利用了活动的画面，推拉的镜头，生动的故事情节，艺术地重现了阿曼尼莎罕这个女歌手为中华民族艺术的不朽套曲呕心沥血的过程。

● 文焱 摄

《新疆好》

　　《新疆好》是一首流传甚广和富于魅力的歌曲，1951年唱进中国人民心中。这首歌的词作家马寒冰，当时在新疆伊犁农村领导农民土地改革，恰巧著名的作曲家刘炽也从北京到那里采风。马寒冰灵机一动创作了《新疆好》的歌词，并请刘炽作曲。歌曲一问世，就像风一样不胫而走。

　　马寒冰祖籍福建，1916年生于缅甸仰光一个华侨商人家庭。他的父母为了增强他的爱国精神，1924年督促他考入中国的大学。1928年毕业于上海沪江大学。毕业后又回缅甸，就职于《仰光日报》做记者。因写文章抨击英国殖民当局，他的名字叫响南亚，受到华侨和缅甸人民的拥戴，人民聘他担任了《兴商日报》总编辑。抗日战争爆发后，他抛弃了优越的生活和舒适的工作，返回祖国投身抗日，参加了八路军。他陪同印度援华医疗队走遍华北敌后抗日各个战场；国共和谈期间，他担任了中美军事调停处执行小组的工作。和平谈判破裂后，曾担任医院院长、后勤处长、宣传部长。中华人民共和国成立后，又陪同毛泽东同志赴莫斯科谈判，为新疆石油和有色金属的开发做了前瞻性的准备工作，受到了新疆各族人民的赞扬。

　　马寒冰是位多才多艺的人，在担任新疆人民政府文化处副处长期间，他组织肉孜弹拨尔、万桐书等人，抢救了已经濒临灭绝的维吾尔大型古典音乐套曲十二木卡姆。他一字一字把关，一句一句审稿，反复审了10次，使这一著名民族音乐套曲绽放异彩，为挖掘少数民族文化瑰宝作出了卓越的贡献。至今许多少数民族文艺工作者说起他，都禁不住热泪盈眶。

　　马寒冰在延安整风时曾被人诬告为"派遣特务"，调到三五九旅后才得以平反。1957年反右派运动中受到牵连，突然得脑溢血去世，年仅41岁。得到毛泽东、周恩来特批，将其安葬于北京八宝山革命烈士墓。

中国第一部城市诗《乌鲁木齐杂诗》，是清代文人纪晓岚写的一部诗集。据说乾隆时期纪晓岚因获悉亲家两淮盐运使卢见曾将被查抄，又不便去，心生一计，在无字信封内装了一撮盐和几枚茶叶。卢见曾得此信后，心知肚明，马上应付，使查抄者空手而回。乾隆经锦衣卫仔细侦破，得知纪晓岚泄密，本欲杀头，但念其才高八斗，将其流放至新疆乌鲁木齐，3年后，他被赐予回京复官时，途中补作《乌鲁木齐杂诗》160首。

自古至今，还没有哪一位大小诗人对乌鲁木齐倾注了如此多的真情，对乌鲁木齐咏叹释怀，舒志赞美竟达160首诗。仔细审读每一首诗，有扬之其美，抑之其深之势；有叹中有唱，唱中有叹的余音；有珠走泉流，汪洋浩荡的气魄，读后感喟不已。

到处歌楼到处花，塞垣此地擅繁华。

军邮岁岁飞官牒，只为游人不忆家。

（《流宫不归》）

这首以欢悦的笔调，诙谐的情趣，抒发了作者思乡情怀，读之如泉流美溪泊入人心，可与盛唐诗比美。纪晓岚在描写人物时往往用自然景物反衬，给人一种蓬勃浓郁浪漫无边的气氛，给读者一种奇丽豪放的感觉。如：

山回龙口引田浇，泉小惟凭积雪消。

头白农夫年八十，不知春雨长禾苗。

（《引水灌田》）

短短4句诗把新疆自古不靠天下雨，而靠冰雪融水的灌溉农业描写得淋漓尽致。以奇特想象，浓重的色彩，富于象征性的语言使他的诗更具一种奇崛的感觉。

纪晓岚的《乌鲁木齐杂诗》160首全是以七言绝句形式写的，诗中虽注重格律、对仗，但是往往不少句子不受格律的束缚，大胆突破前人声律，成了自由奔放诗句。如：

半城高阜半城低，城内清泉尽向西。

金井银床无用处，随心引取到花畦。

（《城内地势》）

160首诗都是写乌鲁木齐风物的，每首诗下写明了题目。据说从离开乌鲁木齐第一天开始写，每天两首，写了80天，到京城前两天写完。不少的诗篇在《阅微草堂笔记》故事中都有所提及。不少的故事，用4句诗跃然纸上。如：

甘瓜别种碧团圆，错作花门小笠看。

午梦初回微渴后，嚼来真似水晶寒。

（《西瓜》）

《乌鲁木齐杂诗》•

曲子戏

新疆曲子戏又称"小曲子"、"迪化曲子"、"乌鲁木齐曲子"、"新疆曲子"等。是清代中期由陕西的眉户剧,甘肃的鼓子戏,青海的平弦调,河南曲子剧,宁夏的花儿歌,东北的二人传,四川的下川剧,湖南的花鼓戏,敦煌的佛腔,昆剧的高调等剧种乐歌交汇融合,形成的特有的乌鲁木齐地方戏剧。

乌鲁木齐曲子戏的乐器有笛子奏曲,四胡平弦,甩子上调,三弦调音。有演员一人独唱,二人对唱,三人轮唱,多人接唱或数曲润连圆切,或一曲叫板疏朗。并以唱腔和形体造型相结合,表演或踊或跃,乍动乍息,跷脚弹指,情发于中。表演角色生、旦、丑三个,剧目短小精悍,对比起伏。曲调时缓时急,节奏性强,明快顿挫。乌鲁木齐曲子戏唱曲委婉见奇,曲词通俗易懂,曲风幽默诙谐。不但在乌鲁木齐周围各区县传播极广,而且流传到全疆各地。尤其为汉族、回族群众所喜爱,还造就了不少维吾尔族乌鲁木齐曲子戏世家。清朝末年乌鲁木齐新戏园,一位叫卡帕尔的维吾尔族曲子艺人曾担任过正戏的主角。民国年间著名维吾尔族音乐家克里木的父亲阿不都古力,就是一位能娴熟地演唱乌鲁木齐曲子戏的名角。他表演的《砸烟灯》等剧目,可谓汉维合璧,有板有眼。该剧曲调悠扬悦耳,全剧幽默,引人入胜,曾在全疆广为传唱,十分流行。

清代中期,乌鲁木齐曲子戏以自乐班的形式在民间流传,主要是七八个喜欢曲艺的人自乐自娱,自编自唱,自由奔放地唱出乌鲁木齐特色,主要剧目有《落马湖》、《天山月》等。

清末是乌鲁木齐曲子戏的形成时期,这一时期组织形式为"游班",即三四人或五六人组成戏班,串村游乡演唱,配合社火庙会、寿诞助兴。主要剧目已经逐渐固定,渐趋走红,如《张良卖布》、《兰桥担水》等折子本。

民国年间成为乌鲁木齐曲子戏的鼎盛时期,有了最早的曲子剧团,组织形式已是坐班。并且走进梨园剧场,正式登上了乌鲁木齐的戏剧舞台。剧团有名,艺人走红,剧目叫响。著名的剧团有张权剧团、王福剧团等。著名艺人有贺老六、魏桂红、马秀珍等,著名的剧目有《老少换》、《小姑贤》等。

中华人民共和国成立后,曲子艺人安景新成立了七道湾曲子戏剧团,组织曲子名角蔡秀芳、李月娥、魏兆源等演出过《白蛇传》、《穷人恨》、《婚姻大改革》等,受到人民群众欢迎。

1981年,乌鲁木齐举办了文艺调演,乌鲁木齐曲子戏演出队演出两个剧目《硬脖子县令》、《腹斩子》双双获一等奖。

《十二木卡姆》

世界著名套曲木卡姆的原意在维吾尔族人中有着不同的解释。1913年安德尔逊认为是最高位置；1943年扎克斯托认为是唱歌站立的位置；阿拉伯语是唱歌者安定的意思。维吾尔语对木卡姆公认的有两重意思，一是音乐套曲调式的意思；二是即兴演唱的意思。《十二木卡姆》可称为十二大曲或十二即兴演唱曲。

民国年间，新疆军阀混战，民不聊生，《十二木卡姆》濒于毁灭的边缘，在北疆已找不到完整掌握《十二木卡姆》的人。就连阿拉伯文流传地域乌兹别克加盟共和国也只有一人会唱6套木卡姆，埃及共和国也只有一人会唱3套木卡姆，《十二木卡姆》已到了生死存亡的关头。

《十二木卡姆》的太阳又一次从东方升起。中华人民共和国成立后，1950年6月木卡姆音乐家吐尔地阿洪从喀什被邀请到乌鲁木齐，参加了《十二木卡姆》的录制工作。当时他是世界上惟一最精确最完整地掌握《十二木卡姆》的音乐大师。1950年7月至1951年12月历时一年半，在乌鲁木齐用钢丝录音将《十二木卡姆》乐曲和一部分民歌录制下来。1955年6~10月，新疆维吾尔自治区成立之前，又重新将《十二木卡姆》录入了磁带和灌制了唱片。这次是吐尔地阿洪在乌鲁木齐用沙塔尔琴演奏，他的儿子吾守尔阿洪用热瓦甫手鼓伴奏，木卡姆专家扎克

◎ 文昊 摄

尔、万桐书、加鲁拉、马寒冰参加了这项工作。音乐之树枯木逢春，震惊了国内外，研究《十二木卡姆》的工作在国内外活跃并开展起来。

据专家学者考证，《十二木卡姆》起源于古代。汉代就有"西域乐曲"，唐代又有龟兹乐曲做证。宋代学者沈括《梦溪笔谈》中也作了详细的考证。今天我们所演的《十二木卡姆》即十二套大曲的曲名，排列顺序如下：拉克、又且比亚提、木夏乌热克、恰尔尕、潘吉尕、乌扎勒、艾介姆、乌夏克、巴亚提、纳瓦、西尕、依拉克。十二套大曲每套又分三部分，即序曲、间奏曲独唱、众人接唱合唱。情绪热烈，达到高潮，往往和麦西来甫歌舞共同即兴演唱。歌词富有哲理又充满了爱的激情，一般为14行和44行不等。如：

爱的秘密，问那些离散而绝望的情人。

享受的技巧，问那些掌握着幸运的人。

《十二木卡姆》是在维吾尔族民歌、游牧劳动歌、喜乐、俗乐、哀乐的基础上经过两千多年不断传唱形成的。新疆是永远不变的歌舞之乡。直到今天维吾尔族人仍保持热爱歌唱的传统，每当举行节日集会，游园歌会时，

来自四面八方的维吾尔族人，唱着新疆曲，弹奏着沙塔尔，敲击着萨巴依鼓，举行盛大的歌舞演出。阿不都秀库尔《论维吾尔古典音乐十二木卡姆》中论道："《十二木卡姆》的艺术魅力和音乐技巧是举世罕见的，它是人民大众冲破一切束缚追求自由欢乐的源泉。"

● 文昊摄

83

夏里亚那舞 胡腾舞

乌鲁木齐的维吾尔族人除了跳麦西来甫外,维吾尔族男子还跳一种夏里亚那舞。胡腾舞是我国古代唐代典籍对西域一种舞蹈形式的记载。这种歌舞在高昌西北百余里,专家考证为达坂城,这就证明了乌鲁木齐自古是歌舞之乡。

"夏里亚那",维吾尔语是"欢乐"的意思。原盛行喀什一带,民国末年中华人民共和国初年传入乌鲁木齐,近年风行。夏里亚那舞音乐旋律韵味浓厚,气氛热烈,具有很强的艺术感染力。音乐节拍轻快活泼,舞蹈动作富于跳跃性。音乐以小快板开始后,旋而展现出欢腾喜悦的情调,进入高潮,音乐节奏变得急促明快,跳跃的舞步愈显热烈,最后舞蹈在一个雄浑的长音中结束。这种

舞蹈深受维吾尔族人喜爱。无论节日欢庆、迎来送往、娱乐聚会、婚礼喜庆、丰收之后或者劳动之余,维吾尔族男子都爱跳夏里亚那舞。

作为男子舞蹈的一个突出特点,夏里亚那舞蹈语汇以跳跃的舞步为核心,并且贯穿了整个舞蹈始终。各种小跳步变化多端、复杂多样,如单腿跳步、双腿交替跳跃步、跑跳步等。除了跳跃的步伐以外,夏里亚那舞还包括了各种急促变换的舞步,如踏步、蹉步、稳步、垫步、踩步、腾步、跃步、挪步。专家认为,夏里亚那舞蹈语汇和造型,保留着某些胡腾舞的遗风,或者说保留着古代西域舞蹈腾踏跳跃的典型特征,夏里亚那舞蹈与古代西域的胡腾舞存在着一

◎ 文昊 摄

脉相承的渊源关系。唐代的胡腾舞是颇有代表性的西域舞蹈，它以迅急腾踏跳跃的步伐，惊人目眩的舞蹈技巧，摇头弄目体现了古代西域舞蹈独具一格的艺术特色。胡腾舞雄豪奔放的民族性格，风趣诙谐的民族情调，激情欢悦的跳荡，如痴如醉的神情，反映了唐朝繁荣的隆盛之貌。

胡腾舞在唐代典籍和诗歌中作了流星般记叙后就消失了，但却从夏里亚那舞中找到了它的轨迹。一是胡腾舞也是一种男子跳跃奔腾踢踏舞。二是胡腾舞独特的表现形式，即舞蹈以礼为先导，今天的夏里亚那舞也是一种以礼为先导的传统舞蹈形式。三是胡腾舞是一种独舞，夏里亚那舞也是一种独舞。四是胡腾舞一开始就表现出热烈狂欢的气氛，夏里亚那舞也是自始至终，节奏明快以欢快跳跃旋律作为基调，不像一般的舞蹈从稳沉舒缓到迅急奔放，逐渐推起的结构形式。五是表演胡腾舞和夏里亚那舞的都是青壮年，表演时，舞者自为一体，随着音乐节拍自由奔放地表演。不过近年夏里亚那舞已开始朝双人舞和多人舞的形式发展，说明它有广阔的群众性，而且其他民族有加入这种舞蹈的趋势，为它的发展增添了新的内容和形式。

达瓦孜，维吾尔族的一种杂技，即高空走绳，古称走索、趟绳、踏软索、踩软绳等。司马迁的《史记》记载，已有两千年的历史。源于西域，后传入中原。18世纪以后，汉族的高空走钢绳传入新疆，达瓦孜又吸收了高空走钢绳有益的技巧，使达瓦孜这一古老的杂技文化绽放出绚丽的风采。

达瓦孜表演由地面动作到高空走绳和空中吊杠全过程组成。表演场地需占地100米×60米，中间耸立着主杆高30米。最高处扎彩楼，彩楼的横杆两端有吊杠和吊环供表演者使用，80米的主绳像一条长蛇头尾相连，将地面和彩楼连接成一个整体。表演时从地面随着纳格尔鼓声和唢呐吹奏声，向45°角的立绳缓缓而上。行至16米处时，表演者双腿盘坐立绳、骑独轮车、顶碗探海、单臂倒立、前后滚翻、飞身过人、蒙上双眼做鸭子浮水动作，快速跑上跪下等。待表演者全部上到彩楼时，在彩楼顶峰表演高空旋转咬花，双人对手顶，鹞子大翻身，环杠大车轮，转身飞下倒挂双脚等惊险高难动作。地面观众惊叹不已，掌声不由自主像暴风雨般响起。

达瓦孜是新疆的文化品牌之一，在新疆文化艺术中占有显著的地位。达瓦孜是以家族世传的方式传给后代的，目前仅有惟一的家族。他们的家谱中已有四百多年的历史，仅阿西木这一支就有二百多年的历史。他们的演出活动遍及全国各地，还曾到中亚、南亚、西亚等地表演过。20世纪30年代传给祖农·库尔班，现在从事表演的是其家族中第六代传人。1997年6月22日，达瓦孜传人阿迪力，以13分48秒39的时间横跨了架在长江上长度为640.75米的钢丝，荣获上海基尼斯世界证书，被新疆人民政府授予"高空王"的称号。1999年阿迪力被授予中华五一劳动奖章，为国家一级演员，现任新疆达瓦孜队队长，中国杂技家协会副主席，九届全国人大代表。他年仅36岁，风华正茂，誓言在高空为中国人民再走5年。

达瓦孜

● 向 京 摄

《乌鲁木齐掌故》

《乌鲁木齐掌故》是 1986~1994 年《乌鲁木齐晚报》副刊开辟的一个专栏,共发表258篇文章。1996 年集篇成书,新疆人民出版社出版。全书 20 万字,分城市建设、能工巧匠、著名店铺、名吃佳肴、历史事件 5 部分。作者以亲身经历,介绍了乌鲁木齐清末至民国年间,以及中华人民共和国成立初期的一些风土人情和轶事传闻。

《乌鲁木齐掌故》不仅介绍了巩宁城、老满城、迪化老城的部分改革,还记叙了已经消失的各省会馆和店铺的位置、规模、作用。介绍了闹市的兴衰,居民区的趣闻,如大兴巷子、老马市等。在记叙能工巧匠和民间艺人时,能用片言只语勾画出拿手绝活和艺术成就,写出了今日乌鲁木齐繁荣的由来。

在介绍某一店铺记号时,力求时间、地点、人物交待清楚,力求如见其人,从一个侧面揭示乌鲁木齐的经济持续渐进,融合四大文明的规律。作者还为我们提供了乌鲁木齐早期开拓者的形象:买买提的烤肉铺,韩有才的凉皮,焦师傅的五香驴肉等。作者笔下展示了众多的历史事件和较高层次的文化价值,充分显示了乌鲁木齐历史的厚重性和多种文明融合的特征。

《乌鲁木齐掌故》篇幅短小精悍,大都在 400 字左右。注重方言口语、俚语俗言的使用。全书注重从文化角度选取写作题材,从一个侧面揭示了乌鲁木齐人文特色。

《乌鲁木齐掌故》作者刘荫楠,祖籍天津杨柳青,生于乌鲁木齐,长于乌鲁木齐。中华人民共和国成立后,他曾担任地质勘探队员,更加热爱故乡的各族人民和山山水水。他热心研究乌鲁木齐历史经济文化,怀着一腔真情,促使他写成了这本掌故。作者的地质勘探老队长、原中共新疆第一书记宋汉良看到这本书,十分欣喜,亲写序言祝贺出版。

● 文 焱 摄

87

草尖上的城市

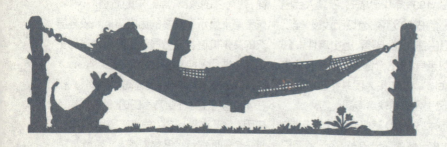

文物集锦

兽形金饰

1977年在阿拉沟一座塞种人竖穴木椁墓中，出土了虎纹金牌8件，虎纹金箔带4件，狮形金箔饰1件。据考证这些都是战国至汉代的装饰品，13件兽形金饰的发现，为研究古代塞种人的生活和文化特征提供了有力的佐证。

8件虎纹金牌有大有小，直径为5.5~6厘米，重15~21克；8件模压成形为一个图案，图案为一老虎形象，虎头向左的5块，向右的3块。虎头昂首起跃，前腿举至颌下，躯体蜷曲成半圆，后腿翘起，构图与白虎瓦相似。虎纹金箔带4件，每件约长26.5厘米，宽3.5厘米，模压成形；图案为对虎相向踞伏的形象，虎口微张，并腿单伸，后腿翘起，尾卷曲，两端各有一个小穿孔。狮形金箔饰长20.5厘米，宽11厘米，重约47克，模压成形；图案为一奔狮形象，张嘴扬鬃，前腿后收起跳，为奔跃状，尾卷曲，尾毛呈球状图案，形象生动，立体感强。

塞人是一个以游牧为主的民族，当时他们金属加工工艺水平很高，而且数量大，纯度高，富于特色。塞种人喜欢装饰，他们在日常用具、放牧的岩石上都留下与牧业相关的艺术形象；在各种小刀、小牌、带把、剑把等器物上，雕刻的动物有狮、虎、豹、牛、马、驼等。塞种人崇拜黄金，每年都要为黄金祭祀，他们不但使用各种器皿，还在服装、马饰上镶嵌有黄金装饰品。

这就揭示了一种历史真实，当年的塞种人，曾经是沟通古希腊文明和黄河流域古老文明的一群中间人。

青铜方座承兽器

1976 年在乌鲁木齐南山阿拉沟一座竖穴木椁墓中出土了一件青铜器，为方座承兽铜盘。据考证是战国至汉代的祭祀器皿，它是我国古代少数民族文物中一件罕见的珍品。

方座承兽器，为喇叭形器座，上承方盘。盘边长 29.6 厘米，侧边高 3.2 厘米。盘中部并排同向伫立着两只小兽，高 8 厘米，长 10 厘米。四足为蹲伏起跳状，头部兽毛弯曲，直垂至颈部，背后的兽毛竖起结成一团，形状似狮。文物专家又称"双狮铜方座"或"双兽承盘方座"。

这座竖穴木椁墓墓葬规模宏大，外形巨石堆墓室，为长方形竖穴。室内填以巨石，填石下有木椁，椁室为圆形松木叠置构筑，尸体虽留骨架，但是随葬物金、银、铜、铁、陶、漆器保存完好，甚至丝织物、珍珠、货贝均保存基本完整，青铜器是其中的一件。此墓经碳十四测定，约公元前 4 世纪，经考证是乌鲁木齐地区又一塞种人的墓穴。

青铜方座承兽器，是拜火教的祭祀盘，在国内尚属首次发现，为研究拜火教在新疆的传入、金属冶炼浇铸技术的发展提供重要的史料。青铜方座承兽器上的小兽、承盘、方座部分是浇铸而成的，最后再加以铸接贴成一体。焊接的方法是，在盘与座的联结处，贴铜片数块，铜片上浇铜液焊固，这种较高的制作工艺技巧，表现了塞人典型的青铜器独特文化特征。在新疆其他地方还发现了塞人冶炼制作青铜器的作坊，说明当时的塞人在冶炼、浇铸、焊接、贴铜、联片方面的技能，已经达到了相当的水平。

塞人的青铜文化，表明了一种历史存在的真迹，这种高超技术的青铜器文化，当时在我国汉民族中亦在发展，以及其他少数民族亦有这种文化，这就说明了当年天山深处的古代塞人和中华各民族之间存在着共同的文化和科技元素。

铸铁香炉

铸铁香炉原为迪化城隍庙的一种祭器。1980年乌鲁木齐市博物馆发布公告征集，乌鲁木齐市一市民主动献出，共两件，形制相同，其中一件略小，但保存完好。

铸铁香炉通高1米，口径57厘米，厚4~6厘米，敞口、平唇、束颈、鼓腹、圆底、管形、实足。看起来像一个缩小的阿福塑像，又像半壁海日缭缭绕绕。铸铁香炉颈部和腹部用楷书自左至右刻着捐资人姓名、铸造人的姓名、铸造时间，腹部有"光绪二十五年春"和"匠人高用制"的字样。字体刚劲挺拔，疏朗开阔，阴阳起伏，生气满炉。使人惋惜的是因铁炉锈蚀，部分字迹已无法辨认。

铸铁香炉原在乌鲁木齐城隍庙正门正中所摆，为人们进门进香之物，第二略小的香炉，是城隍庙大雄宝殿正中所摆的进香祭物。乌鲁木齐早年的城隍庙，在全城数十座寺庙中是规模最大的一座。建于清乾隆二十六年（1761年），砖木结构，飞檐雕栋，雄浑大气，红门紫柱，金碧辉煌，泥胎木雕佛像栩栩如生，楹联画轴幅幅生情。

城隍庙位于今乌鲁木齐大西门（现中山路新中剧场址），坐北向南，有三个大圆门，为三生有幸者进城隍庙拜佛接福。进了庙门下的台阶，约七八层，庙内分前殿、大殿、圣殿。前殿是南北方向的古戏园，是人们寻求欢乐、听戏消遣的地方。大雄宝殿内有城隍爷爷、城隍奶奶的泥塑像，供人们顶礼膜拜；供桌上4个铜香炉整日香火烨烨，紫烟缭绕。圣殿配殿有十殿阎君，十八层地狱，十八般刑具惩治恶人，实质都是木制器物。还有几个铸铁香炉摆在各殿内，不时有人将几把香点燃插在香炉中供奉阎君地狱。

铸铁香炉为我们提供了早年乌鲁木齐居民生活的图画，为我们了解当时社会意识形态、城市建设、风土人情提供了一个实证。

91

同归石碑

"同归石碑"又叫"冤骨同归"墓碑，1980年出土于民主路商场，即中华人民共和国成立前的新疆乌鲁木齐汉族文化促进会会址。石碑为硬质沙岩石，长方形，高2米，宽65厘米，厚21厘米。

1947年出版的《瀚海潮》记载：冤骨同归石碑为当时新疆乌鲁木齐著名文人刘效藜撰述，乌鲁木齐玻璃厂经理刘兴沛书写，隶书9行，共376字。碑文为："中华民国廿二年，辽宁开原盛世才，乘乱倒戈，窃取新疆政权，军政两权掌于一手。他残酷横暴，猜忌成性，屠杀立威，主政十二年，新疆遍地监牢，无辜逮捕十数万人，杀伤五万余人。民国三十一年五月廿七日同时惨戮弃骸者三百六十四人，类似难尽矣，古号屠伯苍鹰，不斯过也……"。碑文控诉了新疆军阀盛世才屠杀人民的铁证，盛世才主政新疆12年，不仅秘密屠杀了著名的民主人士杜重远先生、毛泽东的大弟毛泽民、一代才子林基路等，还秘密杀害了一万多各民族兄弟，甚至将他的弟弟和弟媳都秘密下令杀害。一次秘密杀文人就达364人。茅盾先生称盛世才为"新疆第一大屠夫"。

这些被杀害的文人大部分都是些普通的教师、记者、秘书、画家、歌唱家、戏剧家、书法家。有的十分老实本分，有的人缘特别好，有的从不多说一句话……

"同归石碑"以新疆人民的名义刻于1945年8月。当时由汉族文化促进会发起募捐要建公墓，择地乌鲁木齐城外七道湾，创立公墓三穴。当年动工，但因资金缺乏未建成，原拟立于被盛世才杀害致死者的公墓前的墓碑，因此搁置民主路前，如今墓碑可辨认五十多字。

"同归石碑"为研究新疆人民不屈不挠的反抗独裁暴政的精神提供了形象化的史料，它的发现引起了学者专家的关注，也为钩沉新疆的历史提供了一个时期的概貌。

● 文昊摄

乌拉泊陶器

1984 年,在乌鲁木齐乌拉泊水库附近的古墓中出土了多件彩陶器,比较著名的有双耳彩陶罐、单耳陶罐、双耳陶壶、陶盆、陶釜等。这些陶器据考证是汉代至战国时盛物的器皿,经科学测试均为车师人文化遗存。

双耳陶罐高 12.8 厘米,口径为 10 厘米,直口短颈、鼓腹、圆底,自口沿至上部有两个对称的宽带状耳,两耳上部各附一乳突钉,高于口沿,腹部有对称的弧形装饰泥条。单耳陶罐高 14.8 厘米,口径 9.5 厘米,底径 5.5 厘米,敞口、鼓腹,颈腹间有一宽带状单耳。双耳陶壶器表呈土红色,通体绘暗红色纹饰,口颈为两排倒棱角纹,腹部有正侧三角形演变而成的勾连圆涡纹,耳柄绘斜纹交叉方格,口沿内壁亦绘一圈彩带。陶盆高 10 厘米,口径 21.7 厘米,底径 10.4 厘米,敞口、折唇、上腹微鼓,下腹内收,圆足,口沿内外均绘黑色垂幔纹。陶釜高 8 厘米,口径高 16 厘米,夹砂红陶,直口、直腹、平底。这些陶器有较明显的地方特征,新疆亦不多出。

车师人以畜牧经济为主导,主要放牧牛、羊、马、驼,在天山以北吐鲁番盆地和乌鲁木齐草原曾建立过车师六国,人口达两

万多人。在车师人的墓葬中出土了大量的陶器,说明车师人的制陶业比较发达。有的一座墓葬中达数十件之多,一般以素面为主,也有不少彩陶。这些陶器制作粗糙,陶土中几乎都夹沙,烧制温度也不太高。这一类陶器使用时,竟然可以直接放在火上熏烧,这与精美的内地彩陶,从不当炊具使用,形成了鲜明的对比,表现了乌鲁木齐地区车师人陶器的个性特点。变化繁杂的几何图形,寄托着车师人的美术想象,表现了他们对美的情思。

车师人虽然深居山间盆地、绿野小村,但没有隔断与外界的联系,随着丝绸之路的开通和繁荣,车师人和中华文化、西方文化交流日益加强。从他们使用的陶器可以证明,早期的乌鲁木齐人已经透视着新疆原始古老艺术的魅力。

织金　锦袄

1970年,在乌鲁木齐70千米处盐湖一座山梁上,一号古墓中出土了一件织金锦袄,据科学测定为元代文物。这件文物的出土,为研究新疆元代经济状况和织造技术提供了有价值的资料。

织金锦袄长124厘米,袖长94厘米,腰围88厘米。以平纹组织的米黄色油绢作面,粗白棉布衬里,袖窄长,腰部细束,腰部钉有丝绒构成的瓣线30道,腰的右侧每两摆瓣线并合成一摆,有一绒作装饰。袖口、领肩、底襟及开叉部分以织金锦作边饰,织有片金和然金两种。前者的纬线以片金和彩色棉线显示花朵,又以开光为主体,穿枝莲补充其间,花纹遍衣,线条流畅,图案别致精巧,典雅中显得绚丽辉煌。后襟的纬线以金线显示花纹,明显用的是一个佛教人物形象,修眉大眼,隆鼻小口,脸形略长,头戴宝冠,自肩至冠后有背光。

织金锦袄的出土,说明元代生活衣物的制作甚为豪华精致。它既有蒙古族妇女制工的痕迹,也有汉族工匠织锦技术的底蕴,还有新疆少数民族手工艺匠人镶嵌技术的套路。它的缝制工艺渊源有如此明显的融合,充分说明了元代蒙古西征后,有大批蒙古族妇女和大批汉人的能工巧匠,以及新疆各族人民中具有精湛技艺的衣饰手工业的生产匠人、汉蒙工匠从大都征召到汗帐麾下,和当地工匠结合从事缝制衣饰的手工艺制作。再加上生产的过程中,蒙古族工匠头目和显贵的督导,使新疆元代的手工缝制衣饰和织造技术达到较高的水平。

元代织金锦袄的发现,表明了元代乌鲁木齐衣着文化十分繁荣,并为探讨元代乌鲁木齐地区经济发展、社会风貌、民俗风情提供了重要的资料。

铠甲 衣片

铠甲衣片于 1985 年在乌鲁木齐市阿拉沟石垒堡墙内掘出，经专家详尽的考证和科学的测定，是唐代的文物。

铠甲衣片保存完好，呈梯表形状。上部宽 17 厘米，下部宽 21 厘米，长 20 厘米，深蓝布作面，姜黄色粗布铺底包边，三钱一孔缝制，针线疤脚为 1 毫米。缝制密匝牢固，上部沿包边的合缝内有三蓝布带。虽然已断，仅剩两根带头，但仍然能看出当时使用的针线材料非常结实。正中用黄色、深蓝色、绿色丝线绣成圆形的图案，图案的内外圆两侧，对称嵌铁珠各 4 颗，直径 0.9 厘米；衣片的表层中有薄铁片 4 片，总长 11.8 厘米，宽 7.5 厘米，虽已锈蚀，但四整块铁片依然完整无损。可以看出铠甲衣片作为将士护身之用的作用，铁片、珠甲组成的铠甲衣片是能保护自己，打击对手的。

铠甲衣片的出土地点，位于阿拉沟河东岸，岸边断崖高约 10 米，沟内多卵石，西北 1 千米处是阿拉沟与鱼儿沟汇合处。遗址平面为不规则多边形，主要由戍堡、石垒平台组成。戍堡围长 120 米，墙高 6 米，基宽 4.3 米，门朝南开，门内两侧有台阶可登墙头。石垒位于西北部，修复后高约 15 米，基底是长方形，面积自基底向上渐小，顶部边长 0.5 米，其东略低于石堡墙的平台，平台东为小平台，两个平台南侧依平台建房址数间，均土木砌筑。从石垒和戍堡的砌筑方法看，为中原汉族的砌筑法，从铠甲的缝制工艺看，也为唐代手工艺的痕迹。我国著名的史学家黄文弼先生曾认为是汉代建筑，近年通过多方论证和科学反复研究为唐代建筑。

铠甲衣片的发现，更加证实了石垒和戍堡是唐代遗址。铠甲衣片对新疆乌鲁木齐地区历史文化、军事文化的研究有极其重要的学术价值。

马 具

1970年乌鲁木齐市盐湖古墓出土马具一件,据科学测定是唐代文物,其流行特征有明显的唐代遗风。新疆文物亦不多见,这次发现尚属首次。

唐代马具的马络形制与现代大致相同,用革带卷成两层,革带接头处为鎏金的铜饰和绞具。有菱形、桃形、三叉形、佛手形铜饰铜环计60件,衔镳为铁质鎏金,镳呈"S"形。肚带、尾带与马络装饰相同,鞍鞯为木质,鞍桥以4块木板榫铆拼合而成。皮条系连镫为铁质、长柄,上有矩形小孔,从整个马具装饰看,马具的主人是唐代一位征战边关的将军。马具是唐代军事必备的日常用具,又是唐代文化中人们追求时尚的艺术品。就是今天看到这件马具,都不得不为它华美的装饰色彩,优美线条组成的图案,以及它所表现出来的鞍鞯铆合,鞍桥榫结,衔镳鎏金这些制造之美所叹服。

盐湖唐代古墓中的马具,出土于距乌鲁木齐70千米的一座小山梁上的二号古墓中。在墓群东侧,有一马坑,坑内葬马一匹,看样子墓主人对马的感情很深,死后都和马埋在了一起。而且将马具葬在了自己的墓穴中,可见墓主人对这件造型优美的马具是十分喜爱的。据有关部门鉴定,马具制造出自新疆当地工匠之手,说明唐代乌鲁木齐地区手工制造业已经有一定的发展水平。从铜饰、铜环的菱形、桃形、三叉形、佛手形的花纹看,这些几何图形和当时新疆少数民族的手工艺品有着惊人的一致,说明新疆制造马具的历史悠久。

文昊摄

文物集锦

二道桥 铜币

　　1982 年，乌鲁木齐市二道桥一家商店院内建筑施工时，出土古铜币达 369 千克，约 7 万枚。二道桥铜币的出土，不但是中华人民共和国成立以来乌鲁木齐出土数量最大、种类最多的一次，并且铜币种类延续的年代达 1800 多年，最晚的是咸丰铜钱，最早的是西汉五铢钱。

　　二道桥铜币从质地看，有红铜钱、紫铜钱、黄铜钱，还有含金铜钱、含银铜钱、含铅铜钱。不过含金量都不超过 1%，含铅不超过 10%。从铸制的工艺水平看，汉代五铢钱、明代通宝、康熙红钱铸制质地较高。咸丰大钱、道光制钱、乾隆铜钱，铸造质量较差。后人一鉴别，就会得出结论，后者显然是在新疆铸造的。清乾隆四十年（1775 年），清代在新疆伊犁自铸制钱，虽和中原内地同时流通，但质地粗糙。二道桥出土的铜钱，其中 99% 是清代铜币，数量最多的就是乾隆普尔铜钱，这种铜币汉族人叫红钱，维吾尔族人叫普尔钱。引人注目并令人颇感兴趣的是汉代以前的铜钱，但总共不到 300 枚，品类多达 72 种，几乎涵盖了所有年代的钱币。有西汉五铢、东汉五铢、王莽新朝的十泉铜钱、唐朝开元通宝钱、宋代的交子钱、会子钱、关子钱、元代的贯钱、铜跨钱、铜牌钱、明代崇祯通宝钱等。

　　二道桥铜币大多为外圆形，中间有一个方孔。外圆内方，古称"钱圆函方"。古代铸币含有天圆地方之意。圆钱放入衣物中不易损坏衣物，内方孔易于穿线串钱，这样携带方便不易丢失。这些铜钱大都轻重适中，大部分重量为一钱、二钱、三钱，不超过五钱。钱的名称就是以它的重量作为总称命名的，铜币重量轻，便于使用，容易流通。西汉五铢钱从汉武帝元朔五年（公元前 124 年）一直到唐高祖武德四年（621 年）都在通行，使用达七百多年。

　　西汉五铢钱在乌鲁木齐的发现，又一次证明，新疆铜币大都在古代丝绸之路上。这就给人一个很好的启示，古代新疆和内地有着不可分割的经济贸易关系，在进行经济往来中，金钱贸易中，已经有了统一的货币。

文焱摄

壹元纸币

在乌鲁木齐市的发展史上，纸币的使用总把新疆文明推向一个新阶段。我们在八路军驻新疆办事处纪念馆看到了 1939 年 2 月 1 日，新疆商业银行发行的壹元纸币。它对于研究新疆经济发展和新疆各民族经济活动，无疑有着重大的历史意义和现实意义。

新疆民国壹元纸币长 15.3 厘米，宽 7.8 厘米，正面为白底粉色图案，中部为一座石头房屋建筑，气势宏伟，造型典雅，环以斗拱，别具风格。上端从右至左印"新疆商业银行"字样，左右两侧对称印有号码、币值、印鉴，下端两行字为"凭票付国币一圆"、"中华民国二十八年"，背面印有毛泽民的签字。

据考证，1939 年新疆商业银行共发行纸币 2000 万元。票面有十元、五元、三元、一元的正币，零币有五角、二角、一角、五分、三分等，共 10 种。纸币的纸质上乘，为纯棉优等纸浆制成，摸着纸感好，长久使用不易碎破，是用由苏联进口的纸张印制。纸币的印刷精良，透明度好，印图印字牢固，纸币将近要破时字迹都无脱落现象。彩印技术较高，不易掉色，整个票面显得大方美观。

新省币发行之后信誉很好，原来"两"为单位的省票不断贬值。尽管毛泽民主持新疆省财政厅工作提出了发展经济、培养税源、增加收入、保证支出、量入为出、争取收支平衡、不靠发行货币过日子的财政方针。但是旧省币到 1939 年 6 月贬到 4200 两换省币 1 元。为了防止新疆人民吃货币贬值之苦，1939 年 7 月 1 日规定省原 4000 两换 1 元纸币，同时停用原来的省票、银元、铜币和红钱，有力地稳定了新疆的货币市场。

草尖上的城市

奇花异木

玫 瑰

1982 年,乌鲁木齐市大规模试种玫瑰成功。玫瑰有较强的耐寒性,好像特别喜欢在乌鲁木齐扎根。入冬后,叶落殆尽,无需任何防寒设施,来年 4 月发绿、抽芽、长叶,5 月中旬,已是花开全市了。1985 年乌鲁木齐市将其选定为市花。

玫瑰是一种完美无缺的象征,在佛教中它是智慧的象征,在基督教中它是圣洁的形象。尤其是白玫瑰,被认为有荡涤灵魂的力量。

玫瑰属蔷薇科,为落叶直立灌木,茎秆粗壮有刺,刺密密麻麻。有 5~9 片椭圆状的小叶,双双排成羽状,花期在 5 月中旬到 6 月上旬。一般的玫瑰开上三至五天就自行萎谢,人类又称它为短暂的美丽皇后。但乌鲁木齐的玫瑰是一种新品种,能开半个月甚至 20 天,如果按花序先后开放时间,可长达一个月的时间。花单生,现在科研人员研究出不少簇生的。花一般为紫红,也有白、黄、粉色的,现在又培育出一种黑色的,各色玫瑰都花形秀美,气味芳香。花、果、根、叶均可入药,有理气活血,收敛止痛的功效。花制成玫瑰糖系列食品极为走俏,1 吨玫瑰花提炼 1 千克玫瑰油,具有和黄金等价的价值,是调合香精配合美容的佳品,国际市场极为走红。

据史载,玫瑰原产中亚,有的外国植物学家认为,乌鲁木齐就是它的原生地。5000 年前传入中原内地,4000 年前传到了欧洲,2000 年前传到了非洲,500 年前传到美国,全世界都认为它是人类最完美的形式。它是远古魔幻的标记,它是人类历史上最神秘的象征物,它是中亚人的"花中女皇"。乌鲁木齐人民将其选为市花,真是叶落归根,花儿回家了。

星星草是乌鲁木齐山地草原中生长的一种繁禾草，适宜于海拔 950~3500 米的盐化草甸生长。它耐盐碱，因此在苜蓿等很多草不能生长的地方也能欢乐地生长。

星星草是多年生草本植物，直立倾斜生长，下部膝曲，粉绿色。高 30~65 厘米，叶稍短于节间，叶片内宽 1~3 厘米，茎生叶长 10~15 厘米，圆锥花序尖塔形疏展长 7~20 厘米，穗长 3~4 厘米，含 3~4 花，有不规则细齿，花长 1 毫米果棕色，乌鲁木齐的星星草叶不染色，人和它亲昵摩擦，不会染上色痕。

星星草耐寒喜湿，耐践踏滚翻，有较强的分蘖能力，每株可分蘖 20~40 个，牛羊啃吃了它的枝秆，三五天后又生了。南山、达坂城地区的星星草，一般 4 月返青，6 月上旬拔节，7 月底抽穗，7 月下旬开花，8 月中旬种子成熟。

它对牲畜的适口性好，尤以牛最喜欢吃。因籽粒小，牛在抢食时往往有阻噎现象发生。所以又叫"噎死牛"。星星草牲畜吃后上膘快，结实率高，种子易收，繁殖快，属优良牧草。

为什么叫它星星草呢？传说一位青年牧民放牧回家后，天黑得伸手不见五指，可是他又和心爱的姑娘约好了时间，一时心急如焚。月亮故意隐藏在山后，死也不出来，星星也故意藏了起来。爱情的力量让他鼓起了勇气，向着无路无边的草原进发了。星星草射出友好的光芒，为小伙子引路，他循着星星草指引的道路，找到了姑娘，姑娘被他感动了，在星星草的照明下当晚就成亲。牧民们以后就叫它星星草。星星草是一种油性较大的草，在漆黑的夜晚，能发出星星般不俗的光芒。

看麦娘

看麦娘是乌鲁木齐山地草甸带、河沟、小溪边、水草地的主要牧草之一。适宜在海拔 500~2100 米的溪水边生长。对土壤要求不严，但对水分要求较高，是一种天然植株、高大茂盛、生物量较高的优质牧草。

看麦娘是多年生草本植物，短根茎，直立或基部膝曲。高 50~80 厘米，有 4~5 节，叶扁平长 11~20 厘米，宽 86 毫米。花序淡绿色，呈圆柱状，长 5~9 厘米，茎长 6~9 厘米，穗长 4~6 厘米呈椭圆形，含 1 花，脱节干颖下，基部伸出一茎，茎长 6~8 厘米。果矩圆形和全草相托，像一个母亲托着自己的孩子，草和籽亲切之态，人看了都要感动三分。

看麦娘喜温耐寒，喜湿耐潮，主要生长在灰钙土森林中、灰钙土山地中，以及腐殖质较厚的山地中。乌鲁木齐看麦娘往往生长在农田的田边地头、沟渠边，比其他地方的看麦娘有更强的适应性。它就像一位吃苦耐劳的母亲，对生存条件从不挑剔，在哪儿都能生长。看麦娘 4 月中旬返青，6 月抽穗，7 月开花，8 月结实，9 月下旬枯黄，茎质松软，为牲畜喜食，和其他草混播共长，就像一个善于合群的妇女，和邻里百舍相处得都很好。

看麦娘的名字来自一个美丽的传说。有一个财主因一个牧童的不慎，羊吃了他几株麦苗。他吝啬无比，竟然挥起皮鞭将牧童打死。牧童的母亲看到自己的儿子死了，眼泪哭成了洪水，淹没了地主的麦苗，淹死了地主。她自己也变成了一种看麦娘草，长在沟渠旁边，保护所有人的庄稼。牲畜一吃看麦娘草，闻到庄稼的味就倒了胃口，就不吃庄稼了。经考证，看麦娘确有一种元素诱使牲畜只能吃它，它为保护农田默默地做了几千年的贡献。

王不留行

● 文昊 摄

　　王不留行，乌鲁木齐的一种药用植物，主要生长在山坡、路旁、田埂和丘陵地带，适宜于海拔 450~2000 米的草原草甸生长，有耐旱耐湿性，对生存条件要求不严。

　　王不留行是一年生或两年生草本植物，高 30~70 厘米。全株光滑，稍带白粉，茎直立，圆柱状，基部节间较短而粗壮，节略膨大，上部二叉状分枝。草叶对生，叶片呈椭圆形至卵状披针形，长 2~6 厘米，宽 1.5~2.5 厘米，顶端渐尖，基部圆形近心形，稍连根茎，粉绿色。花梗长 1~4 厘米，总苞片叶状，萼筒长 1.5~2 厘米，直径 5~9 毫米，萼顶端分成 5 条小花瓣，如美丽的小铃铛闪烁在原野中。花淡红色，雌雄蕊白色，雌蕊 10 个，雄蕊 1 个，花细长绚丽多姿。有一孕室，果实包在萼筒子房内形成一个卵形巢，果实为球形，多数呈黑色，有明显的颗粒状。花期在 4~5 月份，开放 60 天。6 月份结果，药用部位主要是果实的籽种。中医用活血通络、消肿催乳，还治难产血淋，外用可止血镇痛、金疮出血等。经科学化验其成分有，王不留行苷、丝石竹苷、葡萄糖酸、棉子糖、氨基酸、淀粉、蛋白质、脂肪等。

　　据说当年有一位风流王子路过乌鲁木齐南山，一位狐仙迷住了他。他结婚刚三天，就喜新厌旧了。他的马吃了路边的草，烦躁不安渴望马上驰骋，他只好骑上马，风掣电闪一般脱离了狐仙的纠缠，又和妻子重归于好。并且从此发愤立志，学会了许多救国救民的才能。多少年过去，他总结那次脱胎换骨的历史，猛然想起是马吃了那种草的原因，他就将那种草命名为——王不留行。

花 葱

乌鲁木齐花葱是生长在南山、菊花台、后峡盆地草甸草原、云杉林下、林间空地的一种药用植物。一般适宜在海拔2500~4000米山地生长。

乌鲁木齐花葱是多年生草本植物，茎高50~120厘米，根较粗壮，多须根，茎直立光滑，上部有柔毛，全绿色。下部叶柄长而光滑，上部叶柄短而茂盛，小叶15~25个，长圆状披针形，顶端渐尖，叶脉明显突出。花葱外部闪亮，就像山林中一个亭亭玉立的女孩，给人一种惊奇。

花序呈圆锥形，有时单生叶腋，花梗较长，密生白毛，萼钟一样的形状，花瓣5个，紫色、卵圆形，顶端微微收缩成圆形。花冠筒白色，花冠内有白色绒状体，雄蕊5个，花丝较长，短于花瓣，花药呈黄色圆形。1个雌蕊，花柱伸出花瓣外，花柱头分开为三。果成熟后顶端开口，籽实长圆形褐色。花期为6~7月份，果期为8~9月份，一般10月份脱下秋装进入冬眠期。一颗花苞开花一般在15~20朵不等，花开之时几十棵几百棵花葱，把山林打扮得美丽异常。五彩缤纷的鲜花，白中闪雅的花蕊，姹紫嫣红的花瓣，沁人心脾的花香，使人忘却了采药剪果之苦，舍不得采下它一片花瓣或一丝花蕊。乌鲁木齐花葱用药只用花葱的籽实及花架，这和外地中医用药不一样。外地中医用全棵，主治急慢性支气管炎，止咳止血，安神静脑，以及胃和十二指肠出血。化学实验内含三苷、有机酸等多种有益于人体健康的微量元素。

据说花葱是一位美丽忠于爱情的奇女子。母亲得出血症死后，父亲借乌鲁木齐一位商人的钱买棺葬埋母亲，父亲无法还债竟要花葱嫁给商人还债，要她和自小青梅竹马的一位男青年割断情缘。花葱一气之下跑到深山化作花葱，化作了中药医治胃出血的人，化作了永远的美丽留在了寂静的山林。

● 小 雨 摄

贝母

乌鲁木齐南山的贝母以个体硕大、鳞茎坚实、质量好而名闻中国。贝母属于百合科，是多年生草本植物。它的鳞茎是入药的主要部分。植株一般高 20~60 厘米，细嫩滑润，叶子对生，少数轮生。花萼筒悬在茎的顶端，花冠呈紫色，花蕊黄色，花丝嫩黄，8 片花瓣，6 个花蕊，绚丽多彩。贝母 4 月份发芽，5~6 月份开花，9 月份结果，10 月份落叶。

贝母是圣洁高贵的象征，代表着世界上所有的母亲对孩子的仁慈和宽容。它精美的花瓣，流畅的萼筒，闪绿的茎秆，桃形的叶儿，球形鳞茎，引领着千花万草装点着乌鲁木齐南山。

新疆贝母分布广泛，产量较大，占我国贝母产量的 60% 以上，占我国出口的 65% 以上，内销占了全国的 50% 以上。乌鲁木齐贝母由于有效成分含量高，无农药残毒，原生在草原褐色的土壤中，茎体饱满在国内外有很高的声誉。贝母营养微寒、止咳化痰、清热解毒，治劳累肺伤、痈疽瘰疬。动物试验贝母有扩张气管及平滑肌和扩瞳作用，含有多种胡苷、挥发油、氨基酸，有祛痰镇痛的功效。

○ 文 吴 摄

文冠果

　　乌鲁木齐文庙在两百多年前曾种有3棵文冠果树，3棵树长得花繁叶茂，伟岸奇正，有时刮一二级小风，它一动不动，颇像文人木呆呆的，大家又叫它木瓜树。

　　文庙是乌鲁木齐第一座古建筑，建于清雍正二年（1724年）。清代新疆贬官较多，在一些随时还可能复职的贬官提议下，屯兵头目同意建了一间小庙，供这些贬官祭祀中国文人的祖师爷孔子。并在建成庙的当年，有位贬官栽了10棵文冠果，仅活了3棵。有人详查清雍正二年（1724年）建文庙年代和清代大才子纪晓岚的生辰相同。清嘉庆十年（1805年）有一棵大些的文冠果开完花之后，突然死去，不久传来纪晓岚死去的消息。有人说是天人感应的缘故，但这种说法是没有道理的。文冠果是一种不耐湿潮的树种，过于潮湿会烂根。据清史档案详记，那年乌鲁木齐连下大雨13场，估计文冠果周围积水过多，造成烂根而死。

　　文冠果，古名文官果、文官花、文光花等。新疆文冠果有二百多年的栽培历史。文冠果有极强的耐旱、耐寒、耐盐碱、耐瘠薄的能力，它就像中国知识分子的命运一样，吃尽千辛万苦才能成正果。文冠果根和皮层发达，可蓄有较多水分，在干旱时供其需要。文冠果雌雄同株，个别的树不孕花不结实，俗称："骡子树"。但多数花繁叶茂，长两三年就能开花结果，花朵先叶开放，在树上挂着一串串花穗，花瓣白色，就像文人一般风雅。花基部有黄色和红色条斑纹，美丽异常，花芳香连开60天不败，就像文人的文采那样长久。1910年8月10，著名的文学家《老残游记》的作者刘鹗不幸死于大火中，次日文庙第二棵一百多年的文冠果树突然死去，叶落满地，枝垂树歪，惨不忍睹。有人认为这棵文冠果是为祭奠这位文学家而死的，其实是当时大火后，人们将救火时剩下的几车水全部浇在这棵树的树洼中，文冠果受不了这种优待，当即死亡。

　　1943年，新疆军阀盛世才将中国著名的民主斗士、新疆学院院长杜重远杀害，当年第三棵文冠果树死去。许多人记得文庙最后一棵文冠果树死去的样子：叶黄花落，枝低打蔫，树倾天悲，5月20日那天轰然倒下，把住在文庙的人惊得魂飞魄散。没人敢将这棵220年的树魂当柴烧或打家具用，人们将它的根根梢梢、枝枝条条全部葬埋。1943年气象记载，乌鲁木齐年初连下几十场大雪，人们把雪围在了树周围，树因积水过多而死。人们往往把一切巧合叫做水中巧，三棵大树真是都死于水中巧。

天格尔山海拔 3000 米以上的雪岭云杉林里，有一丛丛天山花椒。其中有一棵花椒树高达 6 米，树围 1 米，树冠东西 5 米，南北 8 米，枝干和小枝粗壮，乌鲁木齐人称它为"救人树"。传说一群流民来乌鲁木齐时，路经天格尔山林，寒冷突来，把人冻僵了。人们吃了花椒的果实，将冷魔驱走，精神百倍，没有被冻死。到了乌鲁木齐，他们将乌鲁木齐建成了花园，以后每年去祭这棵救人树，子子孙孙已祭祀了两百多年。现在它周围已生长着几千棵天山花椒，人们称它为"花椒之父"。

花椒之父至今花开不败。它花开顶端，大器多花，萼筒神奇如同钟摆，三角形的萼片 5 个，卵形或椭圆形的花瓣 5 个，素雅香美异常。花柱 5 个，雄蕊 15~20 个，雌蕊 3 个，花期在 6 月份，小巧玲珑满山遍野十分典雅。花椒可以经受最贫脊干燥的土壤，可以抗击零下 50℃~60℃严寒，可以长在最高最险的悬崖峭壁。它生存条件要求不高，不选择环境，其他生命之树达不到的地方，它反而生长得更加茂盛。它的美丽撒在了千山万水。

花椒之父至今仍然结果，果实直径仍有 1~2 毫米，鲜红鲜红的。果实含有维生素 E、维生素 A、胡萝卜素、杏仁苷、山梨酸等。它利肺止咳，补脾生津，是治疗肺结核、胃病、维生素缺乏的天然良药。在西欧花椒象征着才子、魅力和力量，在中国象征富有、子孙满堂。一棵小花椒树，结果可达千颗，那棵花椒之父，一年结果就达几万颗。而且无人收摘，到来年 4~5 月份才剥落，为越冬的鸟儿、兔儿准备了丰饶的食物。在某种意义上说，它是天山动物的母亲，是它保持生物链条的平衡，把生物界的趣味留给了我们。

奇花椒

乌鲁木齐南山,海拔 2800 米的山上,一处阴岩裸露的山上生长着一株圆柏。树龄 255 年,树高 22 米,树围 4.2 米,树冠东西宽 18 米,南北长 21 米。在它不远的地方,生长着几百棵柏树,据专家测定全是它的子孙。

高山的干旱、寒冷、多风,丝毫挡不住它蓬蓬勃勃地生长,它像一个降落伞降落在这人迹罕至之地。这里冬天气候达零下 35℃以下,冰雪覆盖 200 天以上,植物群落生长期仅 120 天左右,但圆柏依然扎根在自己的故乡毫不动摇。一年 365 天都郁郁葱葱,显然这与它根系发达、枝条木质的程度高,鳞片叶蒸发量小,以及细脆粘滞度高,渗透保水力强,新陈代谢较弱等生态特征有密切关系。圆柏在印度和巴基斯坦被人们称为"生命之树"。它庄重、肃穆,在中国人们总是把它栽在祖先祭灵的地方,企盼它给祖先辅以平安的灵魂,使祖先永远辅佑自己的子孙。阿拉伯人称赞女孩"柏树一般美丽,含着紫罗兰的芳香"。西方柏木是雕刻神像之木,柏树被尊崇神化了。乌鲁木齐各民族人民认为古老的南山圆柏带给乌鲁木齐一种形象化的家园,一种理想化的风光,一种古风犹存的宝地。南山古圆柏是常绿针叶林,每年 5 月份开花,9 月份结果。柏籽可作为优质调味品食用。

古圆柏

◉ 吴凤翔 摄

柳树王

● 吴凤翔 摄

后峡柳又称新疆白柳或天山白柳。后峡乌鲁木齐河东岸有一棵柳树，树龄经专家测定为 137 年。虽然树干中间已经腐空了，洞内还有大马蜂窝，洞底有水老鼠乱窜，但是它依然挺立在河边，引起游人极大的兴趣。树高 18 米，树围 2.8 米，树冠东西宽 8 米，东西长 10 米。

后峡柳属于宽生态幅的树种，是温暖而又凉爽气候条件下形成的树种，它生长于山地河谷地带。它是抗寒、抗热、耐干旱、耐水涝、耐盐碱的树种，是一种深根性树种，根系发达，即使十二级大风来

了，也依然挺立。洪涝来了，柳树依然绿旺繁茂。不怕洪涝密实的侧根、繁密的根毛，阻挡洪水冲刷，起防洪护岸作用。

中国人有后院不栽柳之说，其实柳树是最贞洁的。它是一种单性花树种，雌雄异株，如果有 10 棵柳树，它生长过程中就会自然形成五雌五雄，雌雄两株授粉后，不会再同其他异株授粉。它是世界人民最喜爱的树种之一。后峡柳树王更是忠诚无比。据说它身边有一棵柳树三十多年前死了，从此它再也没有开过花。

109

西山 104 团教导大队院内有几十棵大白榆树遮天蔽日，在东首的一座苏式院落旁，有一棵大白榆树据测算，树龄 351 年，有 5 棵榆树树龄都在 330 年以上。

西山东院那棵大白榆高达 34.5 米，至今还在生长。据专家测定，它仍属壮年期，丝毫没有老龄化的趋势。它树围 5.13 米，树冠东西宽 18 米，南北长 22 米，长势良好。枝繁叶茂，树干通直圆满。4 月中旬开花结榆钱，枝条间生榆夹，形状似铜钱，嫩黄成串。榆钱可食，拌以玉米面或白面蒸熟为榆钱饭，味美饭鲜，清香沁人，使人胃口大开。其叶直生，圆形前有尖，具单尖和不规则复锯齿，锯齿有利于杀虫，是榆树长寿的原因。往往越是长寿的榆树，叶锯齿越多越尖。5 月上旬果实成熟，枝条生嫩叶，11 月份落叶。它为深根树种，据专家测定它的树根已扎入地下 35 米左右，真可谓根深叶茂。它对土壤要求不严，在沙壤戈壁土中依然生长良好。喜光适应性强，在最高气温 50℃，最低气温零下 45℃，常温 20℃，仍能旺盛生长。

这里曾是盛世才避暑地，但他来一次，榆叶就落一地；每来一年榆树就死上一棵，他深感奇怪，以为是凶兆。请来一位道士卜了一卦，道士说他杀人过多，树表示抗议才叶落树死，树不惜以自杀抗争他的残暴。盛世才听后大骂道士宣传迷信蛊惑人心，立即将道士杀了，当晚风高树吼一夜，吓得他屁滚尿流地逃走了。过了两个月，民国政府将他调离新疆，担任民国农林部长。一直到死他见了榆树都吓得要死，总是躲得远远的。一想起西山的榆树就恶梦连连彻夜失眠，最后在拜台湾白榆时死去。

老白榆

大白桦

乌鲁木齐白杨沟的山杨林中，有一棵大白桦，树高 16 米，树围 2 米，树冠宽 4 米，长 6.5 米。它修长的树干，如姑娘身段一般优美；它摇曳飘拂的枝条，像姑娘翩翩起舞般优雅；它光滑白莹的树皮，似姑娘天姿丽质般姣好。其实这棵大白桦已经八十多岁了，生长在周围成片的桦树林都是它创造的，桦树生殖能力之强，像芦苇、萝卜一样善于生育。桦树的花粉有简单的胚芽，无需授精就可发育成一个植株，每个这种性细胞的核内都藏有整株桦树的遗传基因，桦树一个花序中就包含着 500 万个这样的花粉粒，而每一粒花粉都有可能长成一棵新的树木。只要轻风一吹，花粉送上天空，就可能有几万棵桦树长成一处白桦林。

白杨沟白桦喜光，多生于绿林间空地和火烧土基地上，几年就长成了参天大树。白桦 4 月上旬发叶，5 月份开花，7 月份果熟，10 月份落叶，生长期为 170~180 天。它对土壤要求不苛刻，草甸地、沼泽地、砾石地都能生长。白杨沟大白桦长在一块灰褐色的森林边。虽然白杨和落叶松、云杉都想遮蔽它生长，害怕它出风头成为名星，它却在逆境中长得极为茂盛。它的拓荒能力使人叹服。

大白桦总是慷慨地给乌鲁木齐送来温暖的信息，只要它一发碧，乌鲁木齐的春天就来了。古代它是人们写字的材料，今天它是乌鲁木齐优美的一景。古代人们把它当成丰收的神树，因为它总是给人们报告风调雨顺的年景；今天它是美丽幸福的春天象征，因为它驱走乌鲁木齐的严冬，给人们送来一个富丽一年的开端。在西方它是力量的象征，健康的象征，意味着只要有了健康和力量，就能获得爱情和工作上的成功。在中国它是新春的萌动，是一年的好日子。

草尖上的城市

珍禽异兽

在南山草原你会听到一种美妙无比、圆润动听的歌声，而且歌声和哈萨克毡房传来的歌声同一曲调，但比姑娘的歌声清脆悦耳。循声看去，并无人迹，原来是一群小鸟在引颈和鸣，逗人和歌。你会大为惊奇，它不但会学人唱歌，还会欣赏音乐，这就是著名的天山"凤头百灵"。

百灵鸟属雀形目百灵科。我国有6属12种，新疆有8种。乌鲁木齐南山有4种，柴窝堡荒漠草原有2种，南山草原是有角的，角百灵也叫凤头百灵。柴窝堡荒漠草原的百灵无角叫"沙百灵"。凤头百灵的角并不是骨质硬角，它是由美丽尖硬的羽毛组成的，远看似头上有角。百灵鸟的体色以棕色、灰棕、棕褐色为主，与土地的颜色相近，有利于逃避野兽猛禽以及人类的捕食。凤头百灵长14~18厘米，高5~6厘米，两侧翅膀展开20~22厘米，头部角羽13根，长2.5~3厘米，13根羽毛组成的宽度是1.5~2厘米，尾羽也是13根，长3~4厘米。翅膀羽翎一侧24根，一侧25根，竟然和人类染色体惊人相似。4~5月份，草原上春暖花开，各种昆虫飞舞跳跃，凤头百灵开始繁殖。它们在草窝树洞中筑巢，用软草花绒结成碗状巢，产蛋2~6枚。一年两窝雌雄轮流孵化，孵化期8~14天。此间一只孵化，一只在附近看护觅食。若有敌害出现，便装出受伤的样子，把敌引开。如有别的百灵进入它们的爱情区域，便会驱赶。小凤头百灵出生后，生长很快，食量很大，父母要不停捉虫喂养。它食性较杂，蝗虫、旱虫、飞蛾、步行虫、金龟子、嫩叶浆果都可食。喂雏期间一天可达上百次，如果按每天雏喂300只昆虫计，百灵每天至少捉500只害虫。仅繁殖期，一对凤头百灵捕食三四万只害虫。科学家做过考证，在没有农药的古代，新疆草原几十年才发生一次蝗灾，凤头百灵功不可没。

它不仅是捕食害虫的能手，还能制服比它大几倍的老鼠、旱獭。凤头百灵不怕这些庞然大物，勇敢地在老鼠、旱獭的头上，一面尖叫，一面猛啄，逼迫老鼠、旱獭认输，驮着它走，老鼠、旱獭想报仇雪恨，一看这个能飞能啄的小家伙，根本不是对手，只好乖乖地服从它的意志。凤头百灵对于投降者不再动粗，而是略施温柔，宽猛相济，帮老鼠、旱獭捉身上的虱子。晚上入巢进洞时，竟然把百灵也驮了进去，时常发生百灵和老鼠同穴现象。百灵只要进入鼠洞獭窝，马上霸为己有，洞的下部，为凤头百灵堵塞，鼠獭再也不能进入。无意中再进入自己的老窝，就会被凤头百灵猛啄一下子，鼠獭只得赶快逃之夭夭溜之大吉。凤头百灵住洞穴可躲避风暴禽害，有利孵化育雏，是鸟类演化的一大进步。

凤头百灵

113

红嘴山鸦

● 吴凤翔 摄

乌鲁木齐后峡、南山、博格达半山腰常能见一种非常优美的鸟儿，它体态轻盈，全身乌黑，发出一种金属样蓝色的亮光，一副高贵之态，再配以鲜红的嘴和利爪，华贵典雅令人称奇，这就是乌鲁木齐红嘴山鸦。

红嘴山鸦属雀形目鸦科。体长30~35厘米，重约500克。一般生活在海拔2000米山地。它是一种夏候鸟，冬天飞往低纬度的热带过冬，夏天又飞回乌鲁木齐。一般4月初飞来，它是最早飞来的候鸟。到10月底最晚一批离开乌鲁木齐，飞走时往往几十只绕乌鲁木齐一周飞走，叫着清脆的"救急，救急"，仿佛在呼唤乌鲁木齐永远是春天，来救救它的急，不要让它飞离这可爱的家乡。

红嘴山鸦4~5月份产卵，每巢产卵3~4枚，它们雄雌成对筑巢，孵化期内雄雌轮流孵化。小雏鸦6月份出巢，这时离巢的幼山鸦，还不会觅食，仍靠双亲饲养。不过当红嘴山鸦老了或者有病时，它们的子女往往反哺喂饲于它们，所以人间有"乌鸦反哺"之孝的说法。其实一点不假，就指的是这种红嘴山鸦。红嘴山鸦是动物中最具人情味，最有人性的生灵，古人称其为"伟大"之鸟。红嘴山鸦为保护幼鸦，也很勇猛，它们几只在一起，驱逐接近巢区的鹰隼，夹攻并追逐它们，一直逼它们飞离巢区很远才罢休。红嘴山鸦几代集群生活，团结和睦，亲情融洽，并且有严格的纪律。

红嘴山鸦是乌鲁木齐的益鸟，主要是以蝗虫、甲虫、步行虫等害虫为食，有力地保护了高山草甸草原的生态环境。红嘴山鸦在繁殖季节和喂老山鸦时非常讲究营养，它捉荤不捉素，并且以鲜嫩的丰富蛋白质食物为食，主要是以双翅目幼虫和鞘翅目幼虫为主。还捉其他昆虫的蛹和造桥虫的幼虫，对年老的山鸦还喂上些维生素丰富的植物嫩芽和果实。红嘴山鸦是消灭害虫的能手，据专家详尽观察，一只红嘴山鸦每年可消灭害虫达千万只以上，它可以称得上是乌鲁木齐高山草甸草原捉害虫的冠军。

如果你去旅游登山或进行科学考察，在天山的天格尔冰川、胜利达坂等地迷了路，突然你会听到一种"救救"声从天空飞来。原来是一只或几只鹰在空中飞翔。你循着它的飞行路线，听着它的叫声保证能找到回家的路径，或找到供你吃喝的牧民之家。你准备叩头感谢这神灵一般的大鸟时，它却又往冰川雪岭飞去，乌鲁木齐人民将它誉为"天山神鹰"。

天山神鹰的学名叫"天山秃鹫"，因为它头部无毛，形似秃儿，又因为它的叫声有"救救"之声，人们就叫它为天山秃鹫。鹫属隼形目鹰科，脖颈长，头光秃，体形浅褐色，也叫黄秃鹫，秃鹫体长 1.1~1.2 米，体重 6~7 千克，起飞时翼展可达 3 米，俯冲速度每小时可达 120 千米。秃鹫的猎食对象主要是黄羊、山羊、盘羊、旱獭、野兔、草鼠等。它平衡了草原的生态环境，防止了草鼠、野兔、旱獭无节制的繁殖，它还将草原死去的动物，腐烂的躯体吃净。有了它才有了高山动物种族的正常繁衍，才有了高山植被的正常发育。它吃了腐肉或因鼠疫死亡的旱獭、野兔、草鼠，也不会染病，因为天山秃鹫对病菌有特殊的抵抗性，它是高山防疫专家，承担了高山生命正常承继的重任。科学家正在研究神鹰特殊的抗菌能力，将利用仿生学原理制造神鹰的抗菌蛋白造福人类。

天山神鹰的神奇之处，还在于它的飞翔的特殊技能。它是世界上飞翔高度最高的鸟类之一，可达到海拔 8000 米的高空，地球上没有它飞越不了的高山雪峰。它还极会利用山谷阳坡的上升气流，能长久不振翼而上升。它的视力相当敏锐，为人的 3~5 倍，能清晰地发现 10 千米以外的猎物。能群集而往。它深恨猎杀者，如有发现枪杀它们同类者，能群起而袭击进行报复，直至把杀死神鹰者置于绝地和死地。

天山秃鹰 2 年龄进入成熟期，5~6 月份产卵。孵卵期 30 天，每巢育雏 1~3 只，多为 2 只。雌雄共同负担养育后代的责任，用嗉囊中的食物饲喂，直到 3~5 个月后雏能独立获取食物为止。天山秃鹫生活在人迹罕至的高山雪岭，以峭壁中的洞穴为巢。巢用树枝草棍筑成，极为简单，有些高山小鸟借住它的巢壁，再做小软巢为家。秃鹫宽容大度，允许它们借住，决不伤害它们，并借秃鹫的神威保护它们，不被其他高山动物侵害。

天山秃鹫捕食活物时，场面惊心动魄，它看准目标后，像闪电一般俯冲到猎物头上，抓住猎物后，首先用钢钳一般的尖嘴啄猎物的双眼，使猎物失去逃跑的反抗能力，然后将其置于死地。有时将猎物捉住飞往高空，摔死啄吃。对于青蛇等生命能力较强的动物，均用第二种方法，它们是名副其实的高山霸主，是乌鲁木齐人喜爱的天山守护神。

● 东润摄

天山神鹰

115

乌拉泊的蜻蜓

● 吴凤翔　摄

在乌拉泊的林带里、花园里、草丛里、庄稼地里，到处都是蜻蜓，专家预测有三十多万只。早晨它们停飞时，头向红霞，中午向着正南，黄昏又向着夕阳。它们仿佛是太阳的信使，在向太阳祝福。它们仿佛又是光明的使者，只有白天才飞翔歌唱，捉蚊捕虫，驱虫斗蝇，给人无限的好感。

乌拉泊的蜻蜓属昆虫纲，蜻蜓目，有黄蜓和污泥蜓以及少量马大头蜻蜓。世界上有蜻蜓5000多种，新疆有31种，乌鲁木齐有12种，乌拉泊水库常见的只有3种。蜻蜓种类繁多，有的黄、有的蓝、有的红，都发着金属辉煌瑰丽的色彩。黄蜓体长4~5厘米，最突出的是它们的眼睛，在头前面又大又圆，占去头部的三分之二。这是由1~3万个小眼睛组成的副眼，看上去呈网状，泛着五颜六色的光泽。它另外还有3只单眼，眼睛明亮是人的55倍，这是人很难抓住它的原因。还剩三分之一的头部，几乎又全被咀嚼式的口器占去，可见这个嘴是很大的。蜻蜓的胸部发达，长着两对几乎等长的翅膀，翅膀透明，脉序呈网状。落下休息时，平行于地面。直飞天空时，又能像直升飞机一样在空中停留。还可以在空中长距离的滑翔，实际上此时双翅抖动次数极为迅速，每秒钟可达2028次，这是它在捕捉食物。它一小时飞行可达100~150千米，可连续飞行12个小时以上，是昆虫界的飞行冠军。

它的食物主要有蚊子、白蛉子、苍蝇、蚋蚊等，它是乌鲁木齐主要的益虫之一。在庭院中有几只蜻蜓，蚊蝇大为减少，人类对它大为称赞，倍加爱护，口碑之好，甚至仿它制造了飞机、卫星仿生眼等。

不仅成年蜻蜓是杀灭害虫的能手，它们的后代也有特殊功能。蜻蜓点水，一前一后产卵之后，卵孵化为稚虫。以蜻蜓种类的不同，稚虫在水中生活达1~5年不等。以水中的小动物为食，如蚊子幼虫、蝌蚪等水生动物，一只稚虫一年可食三百多只蚊虫和几百只水生昆虫。稚虫捕食很有办法，它爬在水草上，当食物从面前经过时，使用脸部捕捉，送到嘴边，脸像能折叠的板子，末端有一对钩子，一下就将食物送到口中。它游泳是靠自己火箭式的身体喷水前进，人们依靠它这种原理制造了火箭和喷气式飞机。它们的许多技能，给了仿生科学极大的启示。

在四、五月份的后峡，你随意在一块草甸或者草地上蹲下来，都会看到眼前的草地、草甸上爬出一只只凤蝶。它们把全身蜷成一团，紧缩成一个小柱形状。触须贴在身后，翅膀紧贴胸前，几条腿张伸尾部，自由活动。从草地草甸的湿土中爬出仅仅几秒种，就缓缓地展开了翅膀，伸开它的触须，在地上爬了几下，突然变得无比美丽。它的前翅是黄色的，稍带几个白色的花点，后翅又变成了淡黄色，也有几点棕色的斑点，腹部为淡红色，两条触须是黑色的。眼呈红色，闪闪发亮，就像从地下突然冒出来一个美丽的仙女一般，使你看后兴奋不已。使你更惊喜的，一会又飞出无数黑色的、蓝色的、红色的、黄色的蝴蝶，它们给了后峡一天的美丽，这就是后峡著名的峡蝶，它是乌鲁木齐后峡的一大奇观。

后峡蝴蝶属昆虫纲有翅亚纲鳞翅目。据专家观察，后峡蝴蝶有 33 个种，最有名就是绢蝶、灰蝶和峡蝶了。峡蝶体长 3~4 厘米，展开双翅 6~8 厘米，它身披淡红色的长毛，摆着两对透明亮丽的翅膀。它靠着细长而尖的吸式口器吸食风毛菊、火绒花、蒲公英、乌拉贵花的花蜜生活，一对大型复眼在头两侧，太阳出来后才展翅活动，不见太阳它就会伏在山洞树窟草丛中，一动不动。人们都以为它是太阳的女儿，其实不然，后峡露水重，湿气大，雾气浓露打湿了它们的翅膀，一夜的凉意使它们全身僵硬，它们是飞不起来的，只有太阳出来，晒干了它美丽的翅膀，温暖了它们的身心，它们才展现美丽于后峡。

后峡蝶

● 吴凤翔　摄

有时在鱼儿沟的灌木丛中会遇到这样的现象。一只看着又像猫但又不像猫的动物，和体胖稍大的旱獭打斗。旱獭突然一下子被它咬住脖子，旱獭抬起前肢打它的耳光，它迅捷地躲过。趁机对着旱獭的肚子又是一口，旱獭顿时肚肠流了一地，准备逃回洞穴内，它照着旱獭的头部又是一口，旱獭脑浆迸裂，倒地而死。它将旱獭拖入隐蔽处，十几个小时就将比它体大一倍的旱獭吃光。这就是鱼儿沟地区的夜猫子。

鱼儿沟的夜猫子，又有人叫它玛瑙，但它不是翡翠宝石，它的动物标准名称叫兔狲，又名旱猞猁。它是食肉猫科夜行性兽类，体形大小似家猫，全长60厘米左右，拖着20多厘米长3厘米粗的尾巴，身体粗壮而短，体重2~3千克，奔跑迅速。有长毛长于头两侧，棕色毛的头上有很多黑色斑点，而颈、体背及四肢则为褐棕黄色，均匀分布着10条不甚明显的黑色横纹，在尾巴上有7条黑色横环纹，前胸深栗褐色，腹有白色。

早春二月，是它的交配期。为了求爱，在半夜三更，它发出比猫叫声更为尖利刺耳、粗野的噪叫声，在山野中传得辽远而又急促，若是几只同时呼叫，叫声更加使人心惊肉跳。人们称它们为夜猫子乱叫，夜猫子名声由此而来。夜猫子求偶，都要经过一场激烈的争偶决斗，获胜的一方才有资格同雌夜猫子交配。夜猫子实行临时夫妻制，短暂的蜜月之后，各奔东西。4~5月份，当冬眠的鼠类在地面上大量出现时，雌夜猫子也到了临产期。一般每胎生3~4仔，有时多达6仔，由雌兔狲单独喂养。它还得把幼仔隐蔽好，因雄夜猫子若寻到，它会毫无客气地把自己的儿女吃掉。为了把幼仔养大，雌夜猫子特别辛苦，比平常更大量地捕杀鼠类。

爱捉老鼠是夜猫子的本能，尤其爱吃黄鼠、沙鼠、田鼠、草鼠、跳鼠、家鼠等，它每年吃鼠可达2000只以上，它是保护草原、半荒漠草原、灌木林、森林的功臣。有时饥饿时还会潜入民居捕捉家鼠充饥，但也会盗食家禽。它一般单独栖居，住在岩洞岩缝、石块下面。有时会挤进兔子和旱獭洞穴中偷袭觅食，主要是夜晚出来捕食，早晨黄昏活动达高潮。在鱼儿沟渺无人烟的灌木林，白天也时常出来活动。

兔狲

◉ 向京 摄

石貂

在天格尔山原始雪岭云杉林中，不经意间你会看到一只天山大灰狼在追逼一只石貂。石貂虽小但跑得极快，狡猾的狼猛地向前一扑，用一棵小树力量扑翻了石貂。石貂爬起来准备逃跑时，大灰狼一口咬住了它的尾巴，照着地上一摔，石貂顺势往前一跃，又想逃之天天。大灰狼又咬住了石貂的脖子，石貂即将变成大灰狼的美味佳肴。可是大灰狼像着了魔似的倒地直喘粗气，鼻子直打喷嚏，一会儿就呈昏迷状态，石貂却不慌不忙慢悠悠地逃走了。

这就是石貂在遇到狼狐等强敌动物堵住自己的去路，或咬住无法脱身时，放出的一股极为难闻并且使对方容易昏迷的臭气，乘机逃走。石貂体长约43厘米，尾巴达27厘米，成年石貂重1千克多。毛色褐黄，头部及体背四肢有明显的白斑，腹部色较

浅。身材修长，行动十分灵活。石貂机灵谨慎，藏于冰川角砾岩隙中或旱獭鼠兔的洞穴，夜晚觅食。主要捕食草鼠，饿极了也捕食旱獭、鸟类和兔子，饥饿之极时连植物的果实和昆虫也吃。石貂在森林地带时，栖于岩洞、树洞，善爬树、跳、奔跑。它毛长厚而密，皮质较硬而优良，美观，温暖，价格很贵。石貂发情期在7~8月份，由于受精卵有潜伏期，孕期达270天左右，第二年4~5月份产仔，每年1窝，3~6仔，幼兽性成熟较晚，需2年零3个月左右。

石貂是草鼠、沙鼠等的大敌，它不吃草，只吃肉，它不危害草原，是一种益兽，不仅是乌鲁木齐山坡草原的保护神，也是新疆各地草原最有益的保护神。新疆和乌鲁木齐人民为此将其保持一定的种群，用来保护森林草原，做人类的好朋友。

● 向京摄

萨拉大头羊

在乌鲁木齐萨拉达坂，一只像毛驴大的动物，角盘了两圈，在四处张望。突然它看到两只棕熊朝萨拉达坂蹒跚走来，它对着一块平坦的山地连着"咩、咩、咩"叫三声，十几只和它一样的动物都站起来，提了提神，朝天格尔冰川奔去，奔跑的速度飞快。棕熊紧逼几步，一看那群头大角坚的动物早已跑得无影无踪，只好无功而退。

这就是著名的萨拉大头羊。萨拉大头羊又名新疆盘羊，俗称双龙羊等。国际命名为"马可·波罗羊"，简称马氏盘羊或帕米尔盘羊。

萨拉大头羊，属于偶蹄目偶蹄科中型食草动物。新疆有5种，乌鲁木齐有1种，肩高可达1米，体重可达200~220千克，头上两个大犄角可达170~190厘米，全身毛色发白。一般生活在海拔1000~5000米的高山地带，喜群居生活，每群有数只和数十只不等。萨拉地区1979年发现有近十群，2002年据查仅剩两群，因其头骨宜做外国富豪的古董，使偷猎者胆大妄为予以偷猎，国家已将其定为二级保护动物。乌鲁木齐人民也在下大力气保护这些高贵可爱的朋友。秋天是大头羊的交配期，身强力壮的大角公羊往往靠角的威力打败对手，和一群母羊交配。受孕母羊每年春季产仔1~2只，小羊在生下一个小时后能行走，并且像母亲一样跑得飞快。母羊有短而直的双角，必要时防狼护幼，雪豹、棕熊、豺狼以及偷猎者是大头羊的天敌，而偷猎者是最主要的天敌。

萨拉大头羊为了更好的生存，它们吃饱喝足之后，爬到一个高高的悬崖峭壁上，一只跟一只，头向下跳下崖来。一会儿人们又惊奇地发现，大头羊又一只一只爬到崖顶，又全部毫不犹豫地跳下来，如此循环多次。原来这是它们在训练演习求生的本领。它们依靠自己粗大坚硬的双角，粗壮的脖颈，保护着自己的头部和全身，即使从高高的山崖上跳下来，也毫毛无损，它们常利用这种特有技能逃生，使天敌追击时，无能为力扫兴而归。

1970年，在夏格泽勘探修铁路的工人刚走上山坡，看到山坡下一只大灰狼走过时，突然飞下一块石头打中了大灰狼的后腿，狼立即瘫在地上，凄惨地嚎叫。真如人说的，"野猪怕砸嘴，老狼怕砸腿"。一会又一块石头打中了狼的前腿，而且石块打中点十分准确。几个铁路工人以为非人莫属，然而却跑来一对棕色的家伙和五六个它们的幼仔。它们跑到狼跟前，三下五除二，很快就吃光了。几个铁路工人惊得目瞪口呆，大叫："哈熊、哈熊，我们看到哈熊了"。

哈熊是乌鲁木齐人民对棕熊的特有的称呼，"哈"是形容大和狠的意思。棕熊属食肉目熊科，体重可达到200~300千克，体长可达3米，有的大母棕熊重可达500千克。棕熊鼻尖、脖短、腰粗，没有尾巴。肢短而有力，便于行走，前肢灵活有力，击打石块准确，后腿稍长，适于爬山，能站立短距离行走，并腾出前肢采食，其爪趾很长，趾尖锐利。不但能爬树，而且能挖掘洞穴。鼻子嗅觉极强，2千米外听有人说话，如又有火药味，会马上避开人类。它力气之大，一熊掌能劈断人头大的石头。棕熊夏季发情，

雌雄成对度蜜月，有的蜜月过后，各奔东西，有的要等到幼仔长到4~5岁后才分手。雌熊怀孕200天左右，第二年2月份产3~6仔，幼仔仅重300~500克，1个月后才睁眼，3个月后才学采食，4~5年后性成熟，寿命为30~40年。它跑的样子笨拙，时速为20~30千米。它是杂食动物，主要吃旱獭，也采食植物的花叶果实，还会捕鱼捞虾捉小鸟，掏鸟蛋吃。最得意的是偷吃蜂蜜，不管是黄蜂巢，还是蜜蜂巢，它捧起蜜巢，喝完蜜汁后，又将蜜巢大嚼吞下，它的长毛厚皮不怕群蜂毒蜇。

哈熊也冬眠，一般为100天左右，中期也会起来吃一点食物，往往是几只在一起冬眠。它们进山洞后，用泥堵住洞口，只留下一个小洞口出气。如有敌害还能自卫，不过动作迟缓。棕熊是国家二类保护动物，在20世纪80~90年代，人们在夏格泽、天格尔山附近不时看到过几只，现已少见。棕熊除偷猎者外，无其他天敌。由于它消灭害兽多，人们以它为益兽。由于它是乌鲁木齐珍稀的客人，乌鲁木齐人民已对其极力保护。

夏格泽的哈熊

◉ 向京摄

草尖上的城市

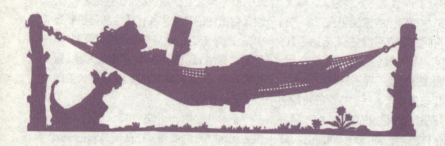

城市交通

天 山 区

天山区,是乌鲁木齐最早建城的地区,原迪化的城池就位于区内,辖区内有天山的红山突兀区内,所以称天山区。天山区原名多斯鲁克区,"多斯鲁克"是维吾尔语"友谊、友好"的意思。相传 1780~1860 年 80 年间,居住区内有信佛教的汉族、满族、锡伯族、蒙古族,有信伊斯兰教的维吾尔族、哈萨克族、柯尔克孜族,有信天主教的俄罗斯族、日耳曼族、库米亚族,十几个民族的人民祖祖辈辈生活在一起没有吵架闹事的,大家虽然都是移民,并不富裕,但有难互帮,有喜同贺。有一个维吾尔族老人在此活了一百多岁,发现了这一惊人史实,称赞其区为多斯鲁克之地,是一块宝地,是一块圣地,以后其名传于后世,此地多次使用此名。现在有 35 个民族,30 多万人聚居此区,依然有和睦相处、互谅互帮朴实的民风。

天山区位于市中心,区辖面积 98 平方千米,是新疆维吾尔自治区人民政府、乌鲁木齐市人民政府、新疆生产建设兵团领导机关的驻地。天山区自乌鲁木齐建城以来,就是著名的新疆商贸交易中心,当时闻名

的津帮八大家,外商聚集的"洋行街"均在天山区内。大十字一带大小商号鳞次栉比,南关、马市、二道桥等处是小商贩聚散地,北门是津商代办收购和批发业务开设客货栈房之地。1940 年当时区内有商号 200 多户,栈房 39 家。现在区内有大型百货商厦商场 12 家,有北门、二道桥等 5 个交易市场,可容纳 500 个铺面、1000 个售货亭、1200 个摊位、1500 个地摊。博格达宾馆、红山宾馆、华侨宾馆、鸿春园饭店等 12 家星级宾馆、30 家旅社招待所,齐聚于此。服装、食品、皮革、金银等加工工艺遍布,往昔著名的有大十字复泉源点心、三娃子回族清真糕点、哈木都(维吾尔族)西装、买买提绣花帽、提力克刺绣皮靴、十二木卡姆琴、热瓦甫鼓等。现在不少风味特产更加精致,世风工艺更加精湛,民族乐器更加精美,你只要到这里走上一趟,浓郁的民族风味会使你如醉如痴。

●文昊摄

123

沙依巴克区

沙依巴克区是乌鲁木齐市的中心城区之一,区辖面积 103 平方千米,居住着汉、维、回、哈萨克、满、蒙古、锡伯、俄罗斯等民族,是一个团结和睦的民族大家庭。全区绿地面积达 200 万平方米,种有树木 50 多万株,鲜花 500 多万株。沙依巴克,维吾尔语意为"戈壁滩上的花园",沙依巴克区是乌鲁木齐市惟一用维吾尔语命名的城区。

沙依巴克区交通便利,通讯发达,得天独厚的地缘、地理环境使沙依巴克区具备了优越的经济发展条件。亚欧大陆桥的兰新铁路、北疆铁路横贯城区,通往南北疆各地的公路及市区道路纵横交错,南北交通枢纽火车站、长途汽车客运站、民航售票处和全疆大部分地州政府驻乌办事处聚集区内,特别是商贸城国际二类口岸、国际客运二类口岸、邮电国际二类口岸的开通,使沙依巴克区成为国内外人们观察审视乌鲁木齐建设与发展的窗口。近年来,全区围绕"把沙区建设成为现代国际商贸城中心商贸区"的奋斗目标突出发展第三产业,使全区经济取得长足进步,成为乌鲁木齐市商贸繁荣活跃的城区。现全区拥有各类市场 85 处,已初步形成了火车南站、友好路、北园春三大商业旺圈,出现了新疆商贸城、德汇置业、新疆小商品城、双安市场、北园春市场等一大批大型专业市场,是全疆重要的商品集散地。经过这些年的发展,全区已形成以商贸为基础,科技为先导,区域经济、融合经济、非公有制经济大发展的格局,经济实力显著增强,实现了精神文明建设和物质文明建设全面协调发展。

● 晏 先 摄

◉ 向京 摄

新市区

新市区位于乌鲁木齐北部，区辖面积为 112 平方千米。清乾隆二十八年(1763年)，清军开始在此区范围内屯兵，并设置怀义、乐宝、宝昌 3 个驻兵土堡。

现在新市区已经发展成为机械、建筑、纺织、化工、高科技等高新企业为龙头的明星样板区，大型企业星罗棋布，科研事业蓬勃发展，环境亮点交相辉映，交通干线连网贯通。该区技术力量、机械设备、产品质量在新疆都占有很大优势。最著名的是乌鲁木齐经济技术开发区，它依据新市区的区位优势，形成了绿、美、亮示范一条街，新、香、逸科技卫星广场，顺、畅、快标准运转口岸。各种高新技术产品远销美、日、英、德、俄、意和中东国家，出口产品有实木家具、铝锭、番茄酱等以及日用百货，2000 年出口创汇达 0.5 亿美元。新市区还与名牌大学联姻，以高科技为切入点，互惠互利，走科、工、贸、研、产、学一体化道路，与北京大学合作，建立北大高科技园区；与上海交大合作，建立上海交大高科技园区，提升改造了传统产业。据国家外经贸部测评，乌鲁木齐经济技术开发区投资服务标准指数在全国 32 个开发区中居前十名。

新市区在各项事业持续、健康发展的同时，又成立了乌鲁木齐高新技术产业开发区。高新区内注重美化、绿化、亮化、环保和形象工程建设。对高新技术项目允许先上车后补票，特事特办。对进区企业实行自筹资金、自立经营、自负盈亏、自我约束、自我结合、自我发展的方针。到 2000 年进区高新企业 143 家，外资企业 51 家，外商投资达 1.2 亿元。高新技术开发区加大了优化环境的速度，已建成钻石城绿色休闲广场 10000 平方米，新世纪花园 3000 平方米，公共绿化 1.3 万平方米，是全市环境质量最好的地域之一。

新市区是科研单位集中的地区，中国科学院新疆分院，新疆社会科学院等 17 个科研部门在新市区，还有新疆医科大学等 6 所大专院校，共取得科技成果 532 多项，重大科技成果 106 项，使新疆高新技术的孵化初具雏形。近年又建成了一批游泳池、滑冰场、无看台灯光球场、绿地足球场等体育设施，开发新建了一大批绿化井、葡萄长廊、仿真大榕树等绿化工程，这些都已成为乌鲁木齐一条亮丽的风景线。

水磨沟区

水磨沟区位于市区东北部，区辖面积121.7平方千米，以风景秀丽闻名遐迩。

水磨沟区自古有水磨面而得名，相传1773年有一位遭贬姓周的文化人，看到这儿乱水横流，漫溢四方，对人民百害而无一利，他组织人民开沟导流，聚水成河。又看到河水浪遏激湍，找来乌鲁木齐都统请求在此设置水磨，用来磨面造福人民。乌鲁木齐都统正为乌鲁木齐人民到远处拿粮换面而头痛，立即请人来此设置水磨八盘，并将此河起名为八盘水磨河，姓周的文人以为八盘水磨河名字太长，就大胆建议叫水磨河。乌鲁木齐都统大腿一拍就定下这美好的名字。有史记载，1897年水磨沟至苇湖梁一带是全市水磨集中的地方，有水磨面粉加工坊16座，磨30盘。中华人民共和国成立后，古老的水磨逐渐被淘汰，为机械加工面粉所替代。

水磨沟地区的地质特征非常适合优化水质，相传清政府曾利用遣犯在水磨沟地区炼铁、铸币、造枪炮、修枪械、制硫酸、造炸药等。这一切都会排污，少量有毒水质渗漏地下，可是从所渗漏地区过滤出的水质都很清澈甜洌。少量有毒水质排渗地下，经过当地石灰质岩和其他岩石过滤后达到了清毒，无毒渗出。根据这一原理，1967年乌鲁木齐市人民政府修工业污水处理库一座，库容380~400万立方米，经过沉淀处理后的污水又可作灌溉用。1984年又在碱泉沟建成污水抽水站一座，可将处理后的污水抽上清泉山、水塔山灌溉林木。年抽污水30万立方米，成为保护水磨沟环境的一大亮点。环境科学家经过检测，认为水磨沟地区渗滤排污能力几近饱和，工业水排污应该就此打住。

区内水质优异，富含矿物质，水磨沟温泉疗养院已成规模。疗养院有浴疗、电疗、药疗、按摩、针灸，对风湿、类风湿、骨质增生、牛皮癣、湿疹、过敏性皮炎疗效显著。来此求诊治疗的人络绎不绝，天天客满盈门。生活在水磨沟地区的人，个个身体健康长寿，不少乌鲁木齐人专门来此取自然河水饮用颐养天年。

头屯河位于乌鲁木齐西北部，区辖面积252.8平方千米。头屯河区分八一钢铁厂、王家沟、火车西站3个片区，3个片区互不衔接，形成三点一线的排列，似长龙飞舞别有一番情趣。头屯河的名称由来，相传乌鲁木齐早年有四营十八屯（村），而头屯之地有一条河蜿蜒流出，水唱欢歌，十分宜人。文人纪晓岚来此游览，起名头屯河，后人有诗赞头屯河：

头屯长流头屯家，一路浪头一路花。

十里轻风来浇春，三尺瓜棚有闲话。

头屯河地区开发始于清代，主要开发项目是屯田。只限平民屯田，屯田人主要是移民，大多为山东人。这些山东人大都有手艺，铸铁打刀，红炉冶炼，造犁铧，制铁锅渐成风气。民国时期新疆省政府曾在头屯河东岸修建飞机修造厂，维修小型飞机。中华人民共和国成立后，新疆人民政府在飞机修造厂原厂址修建了八一钢铁厂。1961年建了火车西站，国家第一铁路局在此修建了铁路工业生产基地和铁路工人生活基地。一些牧民移民和原来的老住户又在此组成了王家沟居民区。

头屯河人民自古爱种树，现还存有几百年前的珍奇老树53棵，已成为外地人游览观光的一大亮点。现在区内有树百万余株，栽花种草20多万平方米，温室花房1500平方米，盆花250万盆，草原、草甸、草滩百万亩，建成了头屯河花园、八钢花园、火车西站花园，总面积14万多平方米。头屯河青山丘陵夹于两岸，绿水扬波、萦回长堤，平时杨柳婆娑、细沙柔美，戈壁怪石斑驳陆离。但是一到山洪暴发，就浪飞冲两岸，漫溢咆哮，堤岸决口，鱼撞树梢头，鸟惊鸣高空，人们高处躲灾，移民颗粒无收。现在各民族人民彻底改变了头屯河野马一般的性格，他们筑梯级大坝，建分洪迭水，终于制服了头屯河，使头屯河变得温柔可爱，它给乌鲁木齐人民带来了六畜兴旺，稻香花鲜。

头屯河区

宋士敬 摄

晏光摄

东山区

东山区位于乌鲁木齐市东北部，区辖面积 380 平方千米。有 3 个街道办事处，一个农牧业乡，是乌鲁木齐市惟一辖乡的区。

东山区紧接东北天山山麓，形成了美丽无比大冲积扇地形，使人发散神幽的是东高西低的自然景观地貌。

最美的还是东山区的月亮台子草原，它是国家城市二级旅游点，这里松林对翠、青草烟岚、山花漫埂、瀑布缥缈，真有"飞上天外觅芳草，驰来天山采春苗"的感觉，那水澄倒挂、缍霞轻舞、高山珍重、骅骝相唤，使你有"难和蓬莱评次弟，羞作英雄争高低"的感觉。

乌鲁木齐最大的企业乌鲁木齐石油化工总厂也坐落在东山区，占地达 13000 平方米，有工人万人，生活区的家属和各种为工厂服务的人达数十万人，是新疆名副其实的石油化工城。由石油工人捐资捐书成立的东山区图书馆，藏书达 60 万册，是仅次于新疆维吾尔自治区图书馆的新疆第二大图书馆。该厂 1970 年经国家批准建设，但由于选择厂址不当（原不在东山区）和建设方案有一些环保问题，1973 年初缓建。1973 年底经过国内几百名专家可行性研究，认为东山区交通便利，气候适宜，地势平缓，供电供热就近，能为国家节约大量资金，1974 年国家决定把厂址选在了东山区，采用了当时国际上最先进的环保措施，完成了环保全套设计，是年 4 月宣布破土动工。乌鲁木齐石油化工总厂现在开发主要产品 32 个，许多产品被评为国家优质产品，1 号喷气燃料还获了国家银质奖，年生产能力达到加工石油 200 多万吨，一年生产编织带 2000 万条，化肥 150 万吨。

东山区山水动静结合，风景优美迷人；景点众多，车马便利；石油化工城的工人淳朴文明，乡村的各族农牧民厚道热情，是极佳的游览之地。

129

达坂城古镇

达坂城区

◉ 文焱 摄

达坂城区位于乌鲁木齐东南部,区辖面积 1120 平方千米(《乌鲁木齐市志》第一卷 338 页原南山矿工区的区辖面积为准)。2002 年 4 月达坂城区开辟为乌鲁木齐市热点旅游区,经国务院批准,新疆乌鲁木齐市正式成立达坂城区。

达坂城区解释为"通达的大坂"。因达坂城南倚靠天山,北对翠草原,东有绿林托起朝霞飞舞,西有达坂城河唱醒乌鲁木齐的蓝天之灵。南疆公路从城中往南驰去,往北有公路通巴里坤草原,东有兰新铁路绕城而过,西往乌鲁木齐有吐乌大高速公路半小时就可到乌鲁木齐。当年刘锦棠征剿阿古柏侵略军,一举攻下达坂城,阿古柏闻风后自杀了,自古有"通灵达盛之地"的说法。"坂",山坡之意,伊连达坂、哈比尔达坂、博格达达坂,三达坂离城仅二三十千米,三达坂为达坂城增加了不少亮点,成为四通八达达坂之城,人们以后起名叫达坂城了。

达坂城的旅游胜地是博格达峰,离城直线距离仅 8 千米,曲线道路 45 千米。海拔在 3200 米以上,有一处湖泊,人称"天池"。这儿湖

◉ 晏先 摄

含意蕴画意、水生诗情、溢美盈华、花兴惹闹、树摇拈欢。这里的瀑布更是蔚为壮观,瀑布从山顶倾泻而下,浪花冲腾,云雾飘动,冒着一股股温馨的仙气。相传当年西王母游了北天池,手试了一下水,感到北天池水太凉,就到了南天池,一试水温,不凉不热,就洗了她的三寸金莲。西王母顿时全身舒坦得心清气爽,她为了将这抚美之地独自享用,一直密封,未向世人开放。到海拔 3000 米处,这里又成了一处美丽如画的夏牧场,这里真可谓一年四季坦露真切。动态的自然景观,在一天之中就可领略到风、雨、霜、雪的风情的洗礼。真可谓:

风流之地风流行,一湖天水一湖城。

百丈冰川化春梦,野趣鸳鸯瑶池声。

乌鲁木齐县

乌鲁木齐县环绕于乌鲁木齐市区周围，县辖面积 9804.98 平方千米，县人民政府驻市建国路。清乾隆二十三年（1758 年）开始筑城，清乾隆二十八年（1763 年）定名迪化，1954 年 2 月定名乌鲁木齐县。

乌鲁木齐原为一片水草丰茂、林荫间杂的原始大草原。17 世纪 40 年代，乌鲁木齐为西蒙古准噶尔库里雅特部落的游牧地，后为噶尔丹部所统辖。清乾隆二十年（1755 年）清政府讨平准噶尔集团，在乌鲁木齐驻军屯田，并在南山、白杨沟等地开办马场、牛场、羊场为军队提供军马和肉食。清乾隆二十六年（1761 年）清政府开始从内地成批移民，开荒屯田，畜牧业随之兴起。乌鲁木齐从北到南，从平原丘陵至山区各地，错综复杂的地形，构成了垂直生态环境，形成了按季节放牧的特点，分为夏牧场、冬牧场、春牧场、秋牧场。

现在乌鲁木齐草场建设逐步加大了力度，退耕还牧，建设防护林带保护草原，兴修牧区水利，解决人畜饮水问题，建立围栏保护现有草场。还在乌拉泊兴建了 6666 多

公顷的现代化草场，在南山和乌拉泊用飞机播种牧草近 6667 公顷，现在乌鲁木齐约 622 公顷的草场已向着牧草青青，流水淙淙良性化发展。

乌鲁木齐农业的开发始于清乾隆二十二年（1757 年），在扩大兵屯的同时，还从河南、山东等地迁来大批移民和遣犯屯田。清政府对这些新农民每户划地 2 公顷，能多种者亦听其便，赏给农具、籽种，借给房银、马匹，等生活充裕后交还。各处商民兵丁子弟亲属，准予本处落户，家眷在内地者一律

官为咨送新疆。到清乾隆六十年（1795 年），已开荒达百万公顷，奠定了当今农田的基本格局。

现在乌鲁木齐的农林业依托城市，服务于城市。农村经济具有城郊经济特点，先后建成菜篮子工程，又建成了土豆生产基地、蔬菜生产基地，使城市蔬菜供应情况大为改善。乌鲁木齐县在发展农牧业的同时，又开辟了一大批旅游景点，有南山牧场风景区、安宁渠风景林等。

◉ 向京 摄

航空

　　1931 年 12 月,中德欧亚航空公司从北平—呼和浩特—迪化试航成功。1932 年 12 月,由上海经兰州至迪化,再次试航成功。次年 6 月,两条航线正式通航,全程 4050 千米,这条航线被称为当年最美丽的空中丝绸之路。

　　1939 年 11 月 18 日,中苏哈(哈密)阿(阿拉木图)航空公司成立,哈密—迪化—阿拉木图正式开航,航程 1010 千米,并开辟了重庆—西安—哈密线,航程 3050 千米。

　　中华人民共和国成立后,1950 年开辟了北京至迪化(今乌鲁木齐)、伊犁、阿拉木图航线,全长 3850 千米。1951 年 5 月至 1956 年新疆民航局开辟了乌鲁木齐至塔城、克拉玛依、富蕴、且末、库尔勒、阿勒泰、和田 7 条航线,共计 5553 千米,并开辟了乌鲁木齐至上海、北京、广州、西安、兰州航线,全长 14400 千米。

　　2005 年 12 月底,中国南方新疆航空公司共开通 69 条航线，其中国内航线 61 条，国际航线 7 条，地区航线 1 条，总里程 105195 千米（按不重复距离计算）。其中国际航线 4027 千米，国内 89845 千米，地区航线 1333 千米。69 条航线的开通为新疆人民提供了腾飞的机遇，使乌鲁木齐市更具国际大都市的神韵。

2005 年新疆航空公司完成货运量 3.73 亿吨，货邮量 3.5 吨，保障专机飞行 50 架次，保障各类飞机安全飞行 10254 架次；安全运送旅客 167 万人次，检查出国旅客 77 万人次；要客 6163 人次，查出手续不符旅客 477 人次，其中冒名顶替 43 人，持伪造身份证者 16 人，过期涂改身份证者 418 人，罪犯 7 人，易燃易爆品 233 件，保证安全飞行 97601 架次，实现安全飞行 46 周年。严格的检查，有效保证了旅客的航行安全，也为新疆航空公司的安全信誉在中外旅客的心中打下了深深的诚信烙印。

新疆航空公司 50 年来督促机务维修，消灭延误率，消灭差错率，认真进行年审整改，加强驱鸟工作，杜绝航空事故，杜绝地面事故，自身要求严格，在行业的正规化、标准化、制度化上下工夫。这些软件在中外航空界都是有口皆碑的，是旅客最为放心的航空公司之一。

迪化民航机场 1931 年建在乌鲁木齐东门外，因面积小，另辟机场。1933 年在乌鲁木齐大湾村建一机场，后为新疆土皇帝盛世才专用。是年又在今幸福路一带建一机场，一直使用到 1956 年，因其离城市太近停止使用，规划为民居。

1933 年在乌鲁木齐市西北 17 千米处，建地窝堡机场，使用至今。1971 年机场大规模扩建为国际机场，机场指挥所达 1 万平方米。2005 年全部改为世界上最先进的导航设备、指挥设备、全自动信标、全天候起降，为飞行安全提供了地面物质保障。

● 陈峰 摄

铁 路

1952 年 10 月 1 日，兰新铁路破土动工，兰州—乌鲁木齐全长 1889 千米。1962 年 12 月 2 日，兰新铁路铺轨到乌鲁木齐，乌鲁木齐铁路与全国铁路联结到一起，开创了乌鲁木齐交通史的新纪元，形成中国西部铁路的大动脉。

1971 年 4 月南疆铁路破土动工，吐鲁番至喀什全长 1500 千米。1979 年 8 月铺轨到库尔勒全长 475 千米，当年投入运营。1996 年 4 月南疆铁路第二期工程开工，1999 年 9 月 24 日铺轨到喀什，当年底投入运营。

1985 年 5 月 1 日北疆铁路破土动工，乌鲁木齐至博乐市至阿拉山口，长 460 千米。1989 年 5 月铺轨到奎屯，全长 236 千米。1989 年 5 月北疆线第二期工程动工修建，奎屯至阿拉山口，全长 224 千米。1996 年 6 月铺轨到阿拉山口，当年投入运营。

三条铁路的建成，为新疆人民走向现代文明架起了金桥。

1960 年 12 月 1 日小黄山铁路支线动工，乌鲁木齐至阜康小黄山煤矿,全长 72 千米,1961 年10 月建成。1961 年 10 月 1 日又修建了乌鲁木齐西站至乌鲁木齐芦苇沟煤矿,全长32 千米,1962 年 5 月建成。1960 年 12 月15 日又修建乌鲁木齐西站至六道湾煤矿支线,全长 10 千米,1962 年 5 月 1 日完成。三条支线均为货运专线,三条专线的建成为乌鲁木齐人民提供了生产和生活的便利。另外从 20 世纪 60 年代至今又建各种铁路货运专线 20 条,总长达 60 千米,这些铁路专线的建成加快了主要仓库和大型厂

矿企业的物资运输的畅通。

到 2005 年 12 月,铁路年客运发送量达 1000 万人次,到达量 1200 万人次;开通5 趟特快对开列车,即乌鲁木齐至北京,乌鲁木齐至上海,乌鲁木齐至郑州,乌鲁木齐至武汉,乌鲁木齐至重庆;开通了 6 趟旅游对开列车,即乌鲁木齐至敦煌,乌鲁木齐至库尔勒,乌鲁木齐至阿克苏,乌鲁木齐至喀什,乌鲁木齐至乌苏,乌鲁木齐至博乐;开通了 6 趟对开普通列车,即乌鲁木齐至玉门,乌鲁木齐至兰州,乌鲁木齐至西安,乌

鲁木齐至成都,乌鲁木齐至喀什,乌鲁木齐至阿拉山口;还开通了乌鲁木齐至疏勒河,乌鲁木齐至喀什,乌鲁木齐至阿拉山口 3 趟对开普通列车。20 趟不同速度,不同等级列车的开通,为各族人民出行带来了极大的便利,受到了各族人民的赞扬。

到 2005 年 12 月,铁路年货运发送量2500 万吨,货物周转量 130 万亿吨,货运收入 45 亿元,提高了铁路在市场的竞争力,国家安全国防运输兑现率 100%,并且无一差错,全部正点,为保卫世界和平,保卫国家安全作出了重要贡献。

公 路

乌鲁木齐市境内共有国道公路 3 条，省道公路 16 条，其中重点省道 4 条，市内有干道 88 条，重点干道 14 条。

国道 216 线，北起阿勒泰市，南至库尔勒市，全长 1150 千米；在乌鲁木齐境内 138 千米，经北屯、奇台、乌鲁木齐、巴伦台、和静到库尔勒；最高处后峡达坂海拔 4300 米，1951 年所建，1952 年建成通车，比乌鲁木齐—吐鲁番—库尔勒的 314 线节约路程近 200 千米。1963 年国家曾组织施工队伍凿该线公路长隧道，建一级公路直通库尔勒，但因地质复杂，隧道洞散石塌方严重，又有多层冰加石，耗资 66 万元撤出。

国道 314 线，全长 2285 千米，它东起乌鲁木齐经托克逊、库尔勒、喀什、红其拉甫。在乌鲁木齐境内 112 千米，是连接南北疆，沟通中国与巴基斯坦等南亚诸国的陆上交通大动脉。

国道 312 线，上海—乌鲁木齐—伊宁全长 4883 千米。新疆境内 1486 千米，乌鲁木齐境内 151 千米。312 国道是古代丝绸之路新北道的一段，抗日战争时期为运送外援物资作出了重要贡献。

3 条国道已全部铺成沥青，其中高级公路在新疆境内达 256 千米，一级路面 339 千米。

乌鲁木齐连接外地的省道共有 4 条。

乌塔公路，乌鲁木齐—塔城全程 691 千米已全部铺沥青。

乌奇公路，乌鲁木齐—奇台，全程 198

千米已全部铺沥青。

乌吐公路，乌鲁木齐—吐鲁番，全程185千米，全部为高速公路。

乌艾公路，乌鲁木齐—艾维尔沟，全长64千米，全部铺沥青。乌鲁木齐还有12条省道，总长742千米，截至2005年乌鲁木齐郊区公路全部铺为沥青公路。

2005年12月乌鲁木齐市区道路483.58千米，全部道路铺成沥青路面。其中改建加宽道路69条，重点干道路面宽达15米。全市88条道路两旁都种有绿树，重点道路均铺上了花地、草坪，如解放路、新华路、中山路、河滩公路、胜利路、团结路、

光明路都建成了花园式道路，使市民休闲散步清心悦目。延安路、黄河路、北京路、喀什路、友好路、长江路、黑龙江路建成了绿荫大道、草坪大道。

到2005年全市有公交线路88条，公共汽车3074辆，出租车6381辆，更新各类公交车572辆，全部为气体燃烧绿色公交车，新开了13条无人售票公交线路。到2005年末，全市有长途卧铺对开客车1541辆，线路123条，长途货车4677辆，经营线路123条。这一系列措施有力地推进了乌鲁木齐市现代化城市建设的进程。

参考书目

1　曾问吾著. 中国西域经营史. 新疆地方志编委会, 1996

2　张荫麟著. 中国史纲. 九州出版社, 2005

3　胡鸿保主编. 中国人类学史. 中国人民大学出版社, 2006

4　米胜江、尤佳著. 中国伊斯兰教简史. 宗教文化出版社, 2000

5　李力著. 中国文物. 五洲传媒出版社, 2004

6　钱浩主编. 世界史. 当代中国出版社, 2004

7　林战青著. 新疆漫游记. 新疆人民出版社, 1987

8　楼望皓著. 新疆民俗. 新疆人民出版社, 1996

9　李春华主编. 新疆风物志. 新疆人民出版社, 1996

10　新疆教委历史编写组编. 新疆地方史. 新疆大学出版社, 1997

11　乌鲁木齐乌洽会管理办编. 乌鲁木齐指南. 新疆人民出版社, 2006

12　刘荫楠著. 乌鲁木齐掌故. 新疆人民出版社, 2001